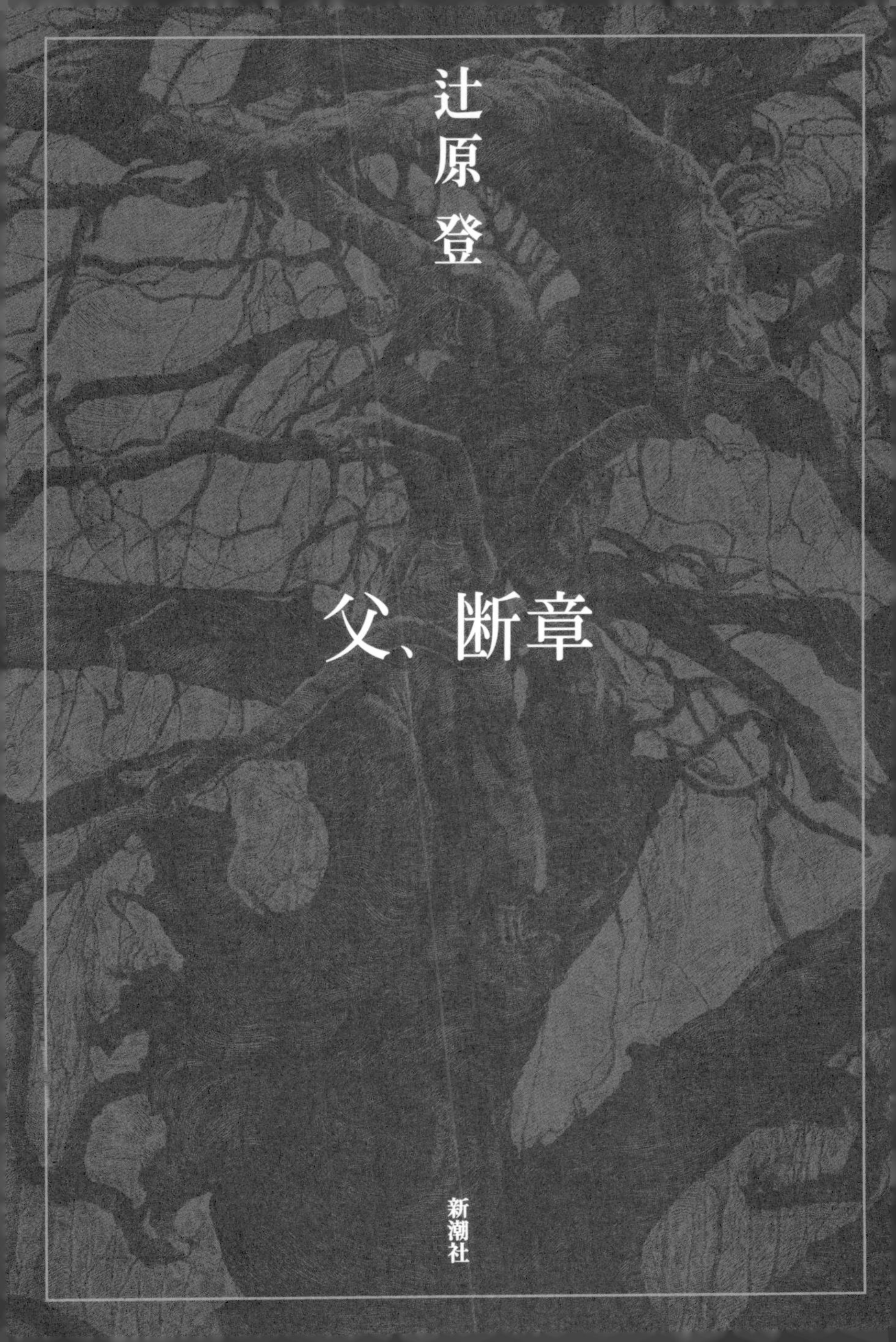

辻原 登

父、断章

新潮社

目次

父、断章　5
母、断章　29
午後四時までのアンナ　53
チパシリ　89
虫王　119
夏の帽子　145
天気　181

装画　門坂　流
装幀　新潮社装幀室

父、断章

父、断章

そろそろ父親のことを正確に書かなければならない、と彼は考えている。ひとつに、彼は父親の死んだ五十四歳という年齢をこえたということがある。彼は、これまで小説というものを書いてきて、その中に、父親をずたずたに切り刻み、そのかけらを作品のあちこちに、鍋の具のひとつであるかのようにほうりこんできた。むろん、父親そのもののかけらであるはずもなく、彼の父親に関する記憶、父親像を切り刻んだわけだが、このこと自体が矮小化であり、冒瀆である。記憶は、記憶する人間の専有物だろうか？

しかし、小説家になった息子を持ったかぎり、この父親の非運は避けられないようだ。そもそも息子は父親を縮小するために、あるいは矮小化しつつ小説を書きはじめる。小説の衝動にはそんなふうなものがある。

父の矮小化の裏側で、じつは小説家みずからの矮小化が進行していたのだが、そのことに彼は思い到らなかった。父の年齢をこえて、ようやくそのことに気づく。

その手つきはこみいっているが、単純なものは、外見、つまり体軀と職業である。

彼の父は、ほんとうは一メートル七十六センチの背丈があった。それを小肥りでちんちくりん、と書いた。時に土建屋であり株屋、町議落選中、はては破産者だったりした。フィクションなのだから、でっちあげだとすましていればいいのだが、事はそう単純ではない。

彼の背丈は父親よりかなり低い。つまり彼のほうが小さいのである。父の年齢をこえてもまだ小さいのである。もうひとつの不公正がある。父親は辻原登という息子の名前を知らない。父親が死んで、十年もたってつけたペンネームだからである。しかも、この辻原という姓は、父の最大のライバルだった政治家のものである。

私はいま、彼を、つまり息子のほうを矮小化しようとしている。彼を矮小化すれば、彼の父親が等身大の姿を取りもどせるというかのように。

この稿で、私は、彼の父について三つのことを語りたい、というより、三つのことにとどめる。

あやまる父と欺される父と怒る父の姿である。やっぱり矮小化か……、いや、そんなことにはならないはずだ。

簡単に生涯《バイオグラフィ》を。父の名は村上六三《ろくぞう》。大正五年十一月十八日、和歌山県日高郡切目《きりめ》村に農家の六人兄姉の末子に生まれる。だから六三。

切目は、紀伊半島の南西部にある海ぞいの小さな村で、岬のふところに熊野九十九王子のひとつ、切目五体王子がある。かつて京の都からの三熊野詣の街道に九十九の王子社があった。切目五体王子は中でも大きな社のひとつで、立派な宿泊所になっていた。平清盛は熊野参詣の途次、切目五体王子で宿泊中、藤原信頼、源義朝らが後白河上皇を幽閉して起こした平治の乱の知らせを受け、京に取って返した。

熊野は幽界である。切目は切れめ、結界、ここからが熊野である。切目には村上姓が多い。いつの頃か、村上水軍の残党がこの小さな入江の土地に住みついた。

父は日高中学から和歌山師範に進み、卒業すると上海で教職についた。師範の二年先輩で友人の妹と結婚した。敗戦の前年に帰国して、日高郡内の小学校で教えた。戦後、すぐ校長に抜擢された。二十八歳で、県内で一番若い校長だった。社会党に入党した。当時は組合活動と校長職は両立した。昭和二十六年、和歌山県教職員組合の専従の書記長になった。昭和三十年、県会議員選挙に社会党から出て、当選した。一期は四年である。四期目の半ばの昭和四十三年の参議院選挙に出馬して、郵政官僚出身の現職の自民党議員に破れた。全県一区、定員一人という選挙区、しかも圧倒的な保守地盤である和歌山県で、勝てるはずもなかった。しかし、このとき、社会党候補としては過去最大の票を獲得した。父はそれを慰めとした。思想的には社会党の中でも最左派に属し、穂積七郎氏ら安保同志会のメンバーだった。

同じ和歌山県教職員組合出身で、やはり和歌山師範の同窓で、衆議院議員だった辻原弘市氏は社会党中間派の勝間田派の論客だった。衆議院予算委員会で、不明朗な相撲茶屋経営など相撲協会の在り方を追及して、それを苦にした元横綱常ノ花の出羽海理事長が割腹自殺を図るということがあった。文教族の有力議員だった。

その辻原氏は切目川村出身である。海岸から切目川を二キロほど溯った山間の村だった。辻原氏が中間派だったから父は最左派を選んだ、あるいはラジカルな父に辟易して、辻原氏が穏健な中間派になった、といったりしたら茶化したことになる。とにかくふたりはほとんど同じ境遇から同じコースを選び、同じ社会党で左右に分れた。

父は、辻原氏に相当なライバル意識を持っていた、と思う。辻原氏は、和教組の書記長から一挙に日教組本部の書記長に抜擢された。一方父は、有名な勤評闘争——特に和歌山県は激しかった、そのときの書記長で、それがすんだあと地方政治家の道を選んだ。辻原氏はほぼ同じ頃、和歌山二区から、教組や国労、山林組合などの組織票をバックに当選して、社会党の代議士となった。このときの選挙事務長は父である。

この辻原氏に関することで、私はすでに父の生存中に、彼の面目を失くさせるような行ないをひとつしている。

私は高校二年のとき、家出をして、東京で一週間ほどぶらぶらしたのち、無一文になって、世田谷区下馬の辻原氏宅に転がりこんで、一週間過ごした。いたれりつくせりのもてなしを受けた。恥知らずである。

辻原氏から電話で連絡を受けた父の心中を思いやると、あれから四十年近くたっても冷汗が出る。父はさすがに自ら出向くことなく、部下を迎えによこした。

参議院選挙に落選後、父は日中友好運動と山岸会の活動に専念した。日中友好協会は、日本共産党の路線対立のあおりで、ふたつに分裂していた。日共左派、毛沢東主義者、親中国派が日中友好協会（正統）本部というのを新しくつくった。父はその組織づくりの中心メンバーだった。

山岸会は、山岸巳代蔵という京都の無政府主義思想家のアイデアを実践しようとする団体で、三重県伊賀上野近くの丘陵地帯に養鶏と農業を結びつけた独特の生活共同体をつくり、特に関西地域の農村にその思想を普及させようとしていた。

昭和三十四年頃、会員同士のトラブルで死者が出た。警察は不法監禁、恐喝事件として山岸会本部を家宅捜索し、七人が逮捕された。このことがあって、山岸会は一時衰退の危機に陥ったが、農業と農民を基本においた社会改革という安藤昌益ふうの実践は、都会の左翼インテリたちの心をとらえた。全学連活動家が警察に追われて逃げてきてかくまわれたり、活動をやめて山岸会に参画したりして、伊賀の山中のカマボコ型の宿舎に住んだ。東京工業大学助教授だった鶴見俊輔氏が、安保条約に反対して、国家公務員でいることをいさぎよしとせず、辞して、同志社大学に迎えられ、研究室に「家の会」という研究会をつくり、積極的に山岸会にコミットすると、京都や大阪の学生たちはこぞって山岸会に注目し、参画していった。

父は、毛沢東と山岸会の思想にいかにも田舎政治家ふうに接近し、心酔したとまではいえないが、傾倒した。昭和三十六、七年ごろより、請われて、山岸会本部の総務という役に就いていた。総務というのは最高責任者である。

昭和四十五年十一月、ある夜、私は父の右頸部が異様にふくらんでいるのを発見した。リンパ腫だった。和歌山県立医大で剔出《てきしゅつ》手術を受けた。いったん退院して、中日友好協会の招きで一週間北京に滞在した。帰国して、背中に激しい痛みを訴えた。和歌山日赤病院に救急車で運ばれ、入院した。癌が膵臓に転移していた。昭和四十六年三月三十一日、病院で息を引き取った。五十四歳だった。

昭和三十二年のことである。日本から北朝鮮へ使節団が派遣されることになった。日本赤十字と北朝鮮赤十字が行なっている在日朝鮮人の北朝鮮帰還問題とは別に、日本と北朝鮮の友好を進めようという超党派による政治家、財界人、文化人らの訪朝団である。父は十五名のメンバーの一人に、唯一人の地方政治家として加わった。

とにかく郡内ではじめての県会議員の訪朝、訪中である。羽田からＢＯＡＣ機で香港に飛び、列車で国境をこえて中国に入り、やはり鉄道で北京、平壌という行程になる。たぶん、香港九龍駅から羅湖まで九広鉄道、羅湖でおりて歩いて国境の鉄橋を渡り、深圳へ、深圳から広州、広州から京広線で北京へ、という旅だったろう。四十時間はかかったはずだ。

北京では毛沢東、周恩来と、平壌では金日成と会談する。渡航費用は自前なので、県内の主に労働組合からのカンパが頼りである。大金になった。あちこちで歓送会が開かれた。

出発は五月下旬だった……たぶん。団員は数日前に東京に集合して、外務省、朝鮮総連、日朝協会などとの打ち合わせを行なう。

このとき、父は家族へのすばらしいプレゼントを思いついた。集合日よりかなり早目に上京する。家族に東京を見せてやろうというのである。

出発当日、ちっぽけな紀勢西線切目駅は村民総出の見送りで、駅前広場、駅舎の中、プラットフォームに人があふれた。駅前広場の壮行会では村長が演説し、役場の女性から喇叭ユリの花束が贈られた。

汽車が入ってきた。われわれは乗りこんだ。四人それぞれが手に何十本ものテープを持たされ、発車すると、赤、青、白、黄、緑の帯がサラサラ鳴りながら伸びてゆく。バンザイ、バンザイの声が、蒸気機関車から吐き出される煙といっしょにちぎれとんでゆく。

各駅停車だった。東和歌山駅まで二十の駅がある。途中の御坊駅でも大勢の見送り、花束とテープがあった。

いったん和歌山で降り、父は、知事主催の県庁ホールでの歓送会に出て、その夜は和歌山で一泊した。ここで、最近、秘書のような役目を務めている太田さんが合流した。瘦せて、銀縁の眼鏡をかけた小柄な三十代半ばの人物だった。父は三十九か四十である。

翌朝早く大阪に出て、特急つばめで夕方ようやく東京にたどり着いた。

東京に着けばもう自由である。まず学校を休んでいるといううしろめたさから解放された。われわれは辻原氏の赤坂の議員宿舎に入った。その頃、辻原氏はまだ下馬に自宅を置いていなかった。単身、議員宿舎住まいで、家族は田辺市にいた。

翌日からわれわれは太田さんの案内に身をまかせ、タクシーで気楽に東京見物である。父はいない。赤坂から溜池におりる坂道で、横に並んだ外車をふとのぞくと、映画や「明星」、「平凡」でなじみの有名な女優がすわっている。

「野添ひとみや」

と弟がいった。

浅草の国際劇場で、美空ひばりの公演と彼女が主演の映画をみた。彼女が十九歳の少女に塩酸をかけられたのはこの年の一月、同じ国際劇場の舞台だった。

その翌日は、太田さんに大相撲に連れて行ってもらった。蔵前国技館の二階席だが、息を呑むばかりの土俵と力士の美しさだった。木のひびき、呼び出しの呼び上げ、行司の名乗り、力士同士のぶつかりあう音、うめき、それらが観衆のどよめきの中心に真珠のようにある。

「兄ちゃん、これ、夢ちゃうか？」

と二つ下の弟は何度も兄の頬をつねりにくる。

「あほ、自分のをつねれ！」

相撲がはねたあと、どこかわからないが、黒板塀のつづく界隈の料亭に連れられていった。小さな座敷だった。坪庭があった。母はおどおどしていた。芸者が二人現われた。料理が運ばれてくる。と、いきなり襖が開いて、巨大な関取が入ってきた。われわれはとびあがった。大起《おおだち》である。きっての巨漢力士で、前頭の下のほうで余り強くなかったが、とにかく大きいので人気があった。鏡里、千代の山、吉葉山、朝潮の時代である。

大起はやさしい人で、われわれを膝にのせたり、腕相撲をしてたのしませてくれ、二十分ばかりで去っていった。興奮はいつまでもさめなかった。太田さんは大したもんだ、と母はいっていた。

明日はもう和歌山に帰らなければならない。しかも、三人で。あまりに大きすぎる落差だった。帰りたくない、などと駄々をこねる気力も失せるほどの落差だった。考えないことにした。

翌朝、品川駅から大阪行き急行に乗った。なぜ品川駅だったのか。たぶん、あの頃、品川発の大阪行きがあったのだろう。

太田さんの姿はなかった。父が切符を買って、一緒に乗り、横浜駅まで送ってくれる。

横浜駅に着いた。私は突然、駄々をこねだした。窓の外を焼売《シューマイ》売りが通りすぎてゆく。あの焼売をどうしても食べたい、といいつのった。私は、いやしい子、とよくいわれた。口がいやしい、食い意地が張っているという意味である。町へ行くと——町といえば田辺か御坊のことだが、食堂のショーケースの前にじっと立って動かなくなるのである。特にお気に入りは、田辺駅前通りにある急行食堂で、そのショーケースは私の幼少年期で最も豪勢な光を放つ特別の空間だった。チキンライス、オムライス、種々のうどん（ラーメンはまだわが地方にはなかった）、ハヤシライス、トンカツ、親子丼……。

食いものに関して一度言い出したらきかない。いつもの父なら怒って突きとばされたかもしれない。しかし、このときは帰ってゆくわれわれを少し不憫に思ったのだろう、

「よっしゃ、買うてきてやる。そやから泣くな」

といって、とび出して行った。むろん、彼はここでおりなければならないのだが。

発車のベルが鳴っている。プラットフォームは雑踏している。父はもどってこない。とうとう電車が動き出した。われわれはパニックにおちいった。大声を上げて泣きだし、母はおろおろする。切符はまだ父が持ったままなのだ。

まわりの乗客たちも何ごとかと心配して、背凭れごしにのぞきこんだり、問いかけたりするが、母は、切符が、切符が、というばかりで、何が起きたか説明することができない。子供たちの胸に、これで父親とは永久にはなればなれになった、もう二度と会えないのだ、という思いがこみあげた。何か強引な、目にみえない非情な力で引き離されたというようだった。

発車して十分ほどたったころ、車掌の放送があった。

「和歌山のムラカミさん、お父さんからの伝言です。お伝えしますからよく聞いてください。心配するな、次の停車駅の大船でおりて、待っていなさい。お父さんはすぐ次の電車に乗って、

追いつくから、とのことです。大船でおりるんですよ、次の停車駅ですよ」

われわれはぴたりと泣きやんだ。

「兄ちゃん、聞いたか。いまの車掌さんの声、お父ちゃんとそっくりやったで。ひょっとしたら、あれ、お父ちゃんと違うやろか？」

「あほか！」

われわれは大船駅でおりた。父はまもなく横須賀線電車で現われた。待合室で父の姿をみたとたん、われわれはまたワッと泣きだした。母がいくらなだめても泣きやまない。

二つの理由《わけ》があった。父と再会できたのはうれしい。死んだと思ったのが、生き返ったほどうれしい。うれしくて泣く。しかし、同時に、会ったとたんに別れなければならないのだ。

父は察してくれた。

「泣くな。もういっぺん東京へ一緒にもどろう。だから泣くな」

彼は、二人の息子をぎゅっと腰のあたりに抱き寄せた。

こうしてわれわれは再び東京にもどり、今度は辻原氏の議員宿舎でなく、五反田の関東逓信病院の近くの和歌山県職員宿泊所に旅装を解いた。このよろこびは格別だった。死んだと思った父がかくじつにそばにいて、もう二度と来ることはかなわないとおもっていた東京にふたたびいるのだから。翌日、父はわれわれを箱根に連れて行った。私は芦ノ湖からはじめて富士をみた。

その翌日、やはり父に見送られ、品川駅から大阪行き急行に乗った。父とはここで別れるのだが、われわれはもう泣かなかった。父はプラットフォームにいて、窓からのぞきこみ、何か冗談をとばした。切符は母の手にしっかり握りしめられている。

三日前から急に太田さんの姿が自分たちのまわりにみえなくなっていることなど気にもとめなかった。

われわれが和歌山の自宅に帰った夜、父から、欺された、と母に電話があった。私はそばできいていて、太田さんに七十万円を持ち逃げされた、ということだけがわかった。

父はどうしたか？　その後のことは、わが家ではタブーのようなものになり、事のあらましすらここで記すことはできない。

出発は迫っていた。おそらく父は、東京で辻原代議士に相談したのではないか。とにかく彼は予定どおり北京と平壌訪問を果たし、毛沢東や周恩来や金日成と握手している写真を大きく引き伸ばして、書斎に飾ったし、それが県紙に掲載され、選挙のポスターに使われたりした。

当時の七十万円といえば大金である。太田さんとはいったい何者だったのか？

県会議員にはもちろん公設秘書などつかないし、私設秘書を雇っている議員などごくまれだ。父は社会党だし、私設秘書をおく金などなかったはずだ。太田さんがいつごろから父の身辺に現われ、どのようにして父の信頼を勝ち得て秘書を名乗るようになったのかわからない。彼はわれわれの家に一度も来たことがなかった。和歌山市に住んでいたらしいが、和歌山県人ではなかった。

父はどうやら彼を訴えなかったようである。太田さんは白馬童子か怪傑黒頭巾のように現われ、われわれにさんざんたのしい思いをさせてくれて、疾風《はやて》のように去っていった。それきりである。

いつか太田さんについて父にきいてみたいと思いながら、ついに聞きそびれてしまった。父は東京で借金したようである。母がふと、その返済についてこぼすのを聞いたような、おぼろげな記憶がある。

そもそもわれわれの東京旅行は、太田さんによって企まれたものではなかっただろうか?


話はとぶ。一九九五年の春、私はひょんなことから、戦前、上海日本人学校時代の父の教え子たちの同窓会に招かれる破目になった。私がその頃、東京新聞に書いた上海探訪記がきっかけだが、それを読んだ教え子のひとりが、あなたはひょっとして村上先生のご子息ではないか、と手紙を寄こした。私はその文章の中で、とうとう両親が新婚生活を送った虹口《ホンキュー》の敏徳《びんとく》坊の住居をさがしあてた、と書いたのだ。

原宿の中華料理店で開かれたその同窓会で、私は上海時代の若い父にまつわる色々な思い出話をきかされた。それを話すのは、すでに亡くなったときの父の歳より十年ほども多く年を重ねた人たちである。

なごやかでたのしい歓談と、野菜と魚が主体の旨い上海料理だった。会のリーダー格の、ある一部上場会社の専務取締役をしているという男性が、村上先生の思い出は数多いが、なんといっても……と私に披露してくれたのは、この同窓会が戦後はじめて、昭和三十二年の夏に開かれたとき、父も和歌山からかけつけて、教え子である彼らに、いきなり畳に土下座してわびた、というエピソードだった。十五名ほどの出席者はみなうなずき、中には涙ぐむ女性もいた。

私がいぶかしげなようすで黙っていると、説明してくれた。父は上海時代、彼らに軍国主義教育を施した、日本の侵略戦争の片棒をかついで、青少年を戦場に駆り立ててしまった、そのことについてあやまったのだ。

私は急に、とても居心地の悪い思いにつかまった。教師が若いころ施した教育について、教え子たちにわびる。土下座して。そのこと自体、当時の風潮と、父が社会主義者で日教組の活動家であったことを考えあわせるなら、別段ふしぎではない。

教え子たちは、その土下座の姿に感動したと口々にいっている。すでに政治家ふうのけれん味もまじっていて、息子としてはあまり愉快ではないが、だからといって、そのとき私が感じた居心地の悪さとは直結しないように思われる。

私はぴんときたのだ。昭和三十二年といえば……。

「その同窓会の日付は覚えておられますか？」

と私はたずねていた。

「いえ、日付までは……。みなさん、どうですか？」

だれも正確な日付は覚えていなかった。ただ五月の下旬ごろであったことはわかった。ひとりが、帰って古い日記をみればわかりますが、といったが、私はそこまでしていただかなくてもけっこうですと答えた。私もまた、あの豪勢な家族旅行が、昭和三十二年、私が小学校四年か五年生の五、六月頃だったことを覚えているだけで、正確な日付は完全に忘れてしまっている。

父が土下座したのと、われわれの旅行が同じ時期、つまり太田さんに案内されて、美空ひばりのショーをみたり、大相撲を観戦して、大起に遊んでもらったりしていた頃、あるいは、太田さんにカンパの金を持ち逃げされて、渡航費用を工面している最中のことなのか、いずれにせよ東京滞在中のできごとなのだとすると……、と考えて私はとても落ち着かない気分になったのだ。この気分を分析することなどできない。説明することもできない。私はいままた、これを書きながら同じ居心地の悪さ、落ち着かなさをおぼえている。

父と通信ができるなら、せめて教えてもらいたいことがある。土下座したのは、私と弟が大船駅で彼の腰にすがりついて泣きじゃくった、あの時より以前なのか、以降なのか？

どっちゃでもええやないか、という父の声が聞こえてきそうだ。そりゃそうだ、知ったからとてどうということはない。ただ、父が一度消え、再び神さまのように現われた、あの時に、一枚の扉がくるっと半回転して、私の幼年時代が裏返しになったような気がずっとしていたのだが……。

さて、怒る父についてである。私は父に殴られたことはない。しかし、殺されかけたことがある。この場面を、私は二度描いている。ひとつは完全なフィクションの中で。もうひとつは、父の本棚にまつわる思い出、というテーマを与えられて書いたエッセイの中で。

包丁を振り上げて息子を殺そうとするほどの怒りに父をかりたてたのは、二十四にもなって働こうともせず、東京遊学を一時的に切り上げ——今にして思えば、あの東京遊学は、かつての東京旅行の延長線上にあった——、帰郷し、自堕落な生活を続けている私が、ある日、家じゅうの戸という戸に内から錠をおろして、家にひとりで閉じこもり、夕方、思いがけない早い時間に帰宅した父に、戸を開けようとしなかったからだ。

父親が、彼の脛をかじってぬくぬくと生きている息子に、理不尽に自分の家から閉め出しをくう。それから二時間もたって、外がすっかり暗くなり、どこかに出かけていた母がもどってくるまで、父は外にいた。

しかし、なぜ私はあのとき、家じゅうの戸という戸に内から錠をおろしたのか、については、小説にもエッセイにも書いていない。小説では、その場面はこんなふうだった。

ハルオは、例によって眠ってはさめ眠ってはさめして、一度起きあがると、誰にもこの懶惰をじゃまされたくなかったから下におり、家中の戸口や縁側の錠をおろして、またあがってフトンにもぐりこんだ。閉《た》てた雨戸にぴんと張った弦のような日ざしが幾筋も走っている。外はきっとかんかん照りで、キアゲハがヒマワリを嫌って、迂回して飛んでいる。かすかなうしろめたさを感じる。それがまた顔のそばからなかなか離れないタバコの煙のように快い。すっかりこの世からいなくなったつもりで、小さい頃のことをひとつひとつ細かく思いだしながら、日がなうとうとしつづけた。

(「十二月」)

エッセイではこうなっている。

私は、一度、父を本気で怒らせたことがある。二十四歳のときで、父は包丁を持って二階の私の部屋にかけあがってきて、胸ぐらをつかみ、包丁をつきつけたのである。私は、殺されてもいいかな、とそのときふと思ったりした。父親には息子を殺す権利がある、とそんなふうにも考えた。

しかし、まあ幸い殺されずにすんだ。その代りといってはなんだが、翌年、父は死んでしまった。

(「熱い読書冷たい読書」)

私の部屋は二階にあった。北と東にある窓は雨戸を閉め切り、日も中天にあるというのに、私はふとんの中でじっと目をこらしていた。私はうとうとなどしていなかった。テレビにかじりついていた。一階の居間のテレビはカラーだったが、私のテレビはまだ白黒だった。画面には、くり返し三島由紀夫が石のバルコニーで演説する姿が映し出されている。

その前夜も、私はいつものように遅くまで漫然と本を読み、テレビをながめ、ラジオの深夜番組に聞き入り、明けがた近く眠りにつき、昼前に目をさまし、テレビをつけた。

一時間ばかり釘付けになったあと、階下におりて、トーストパンとハムエッグ、キャベツとキュウリとトマトのサラダで食事をすませると、再び二階にもどってテレビをみつめる。しばらくして、また階下におりて、家の戸口という戸口に内から錠をおろして回った。バリケードでも築くつもりだったのか……。

勝手口の戸は、母が鍵をかけて出かけていたが、それも中から枢《くるる》を落とす。くるるは、戸の桟から、敷居または上框にさしこんでとめる木片の装置のことで、私の地方ではぐるりといった。勝手口はくるる戸だった。これをぐるり戸といった。

私は二階に取って返した。さあ、これでもうだれもおれの部屋に入ってこれないぞ、とつぶやいて、ふとんにもぐりこむ。

玄関で呼びリンの音がした。

私は、テレビの音を消して、ただ暗闇の中で画面ばかりをながめていた。

呼びリンはいつまでもしつこく鳴らされる。私は出ない。すると、私の名を大声で呼ぶ父の声がした。父は家の鍵を持って出たことはない。彼はどうやらひとりではなく、だれか客を連れてきたようすだ。

父は、私が家にいることを確実に知っていた。

その間、私はいったい何を考えていたのだろう。全く何も覚えていない。たとえ覚えていたところで、あるいは思い出すことができたところで、さして重要なことだったとは到底思えない。私は物を考えるというのを最も苦手とする青年だった。

父は玄関をあきらめ、勝手口に回って戸をたたく。客にしきりにわびている。しばらく声が途絶えたかと思うと、突然耳もとすれすれにささやきかけられるような声がした。裏の丘にのぼって、繋った羊歯の中からこちらの二階の窓に向かって呼びかけているのだ。

私は、全身を引き絞った弦のように緊張させて、テレビの画像に無意味な視線を向けていた。

それからまどろんだ。

私は襟首をつかまれ、引き起こされた。包丁を持った父がいた。

「殺《ころ》いたる！」

と彼はいった。テレビはまだついていた。私は、殺されてもいいかな、とおもった。

突然、ある考えがわきおこった。

父親には息子を殺す権利がある。

私はこれを、いい文章だ、とうっとりとなった。それは、いま思い返せば、私がはじめて本気で物を考えた瞬間だった。

意気地なしの男が、殺されてもいいかな、と思うことができたのは、おそらく愛読してきた三島由紀夫の死がすぐそばにあったからにすぎないかもしれない。それはそうだが、しかし、父親には息子を殺す権利がある、というのは、私がはじめて、自分の頭を焼き切れるほど使ってつかんだ思考、文章だった。

父はほんとうに殺すつもりで階段を駆けあがってきたのだとおもう。私は幸い殺されずにすんだ。

こうも考える。父親には息子を殺す権利がある。この思考のひらめきが私の目に躍った、そのきらめきが、父の行為をくいとめたのかもしれない、と。

あるいは、これはまず父の頭に浮かんだ考えだったといえないだろうか？　そして、彼はその考えを息子に継承させ、それを息子の目の中にみた。穿ちすぎるだろうか。

父は震えていた。私は、彼の頸部の異様なふくれぐあいに気づいた。

最初の手術、再度の入院から死ぬまで、私は母と共にいつも父のそばにいた。彼はひどく苦しんだ。最後まで、癌であることを知らせなかった。ある夜、看病を母と交代するとき、彼女に、父が癌ではないかと疑ってきかない、違うと説明してあげてほしい、と頼まれた。

父とふたりきりになったとき、私は三十分以上、病気は癌でないことをあの手この手で必死に証明し、説得しようとした。

「もうええ、わかった。おれは癌やない。さすが小説家の卵や」

といった。

信じたのか、それとも私をからかったのか、あるいは、この息子、情ないやつだ、と思ったのか、それはわからない。

彼は死んだ。

父は何か屈託を抱えていたのではないか。私にも屈託があった。しかし、はっきりしているのは、彼のものに較べ、私のそれは軽い。比較にならないほど軽い。あの夜、二階で、その屈託同士がぶつかった。

彼が死んでも、その屈託はあきらかにならなかった。普通は、死ぬと、色々なことが明るみに出るものなのだが。

もう三十年近くたった。その間に、私は、一度だけ、死んだ父にたすけを求めて、泣きながら祈ったことがある。そして、その祈りは聞きとどけられた。

母、断章

去年、母が亡くなった。大正十二年の生まれだから八十二歳だった。特別養護老人ホームに十年余りいて、そこのベッドで亡くなった。

紀伊半島の脊梁、護摩壇山（一三七二米）の西側の谷に発して南流、西流、山々を深く穿入蛇行し、一一五粁の旅ののち紀伊水道（太平洋）に注ぐ川がある。日高川である。河口近くの河岸段丘はみな蜜柑畑で、蜜柑畑の中に母のホームはあった。

紀伊半島は私の一族の祖地である。私自身もそこで生まれ、育った。紀伊半島はいうまでもなく日本でいちばん大きな半島である。私はそのことを故なく誇りにしている。

その日、平成十七年五月十七日、母は朝食をゆっくりとおいしそうに食べたあと、めずらしくお風呂に入りたいといった。介護の方に入れてもらい、ベッドに寝かせてもらうと、

「気持ええわ」

といって眠った。それきり目をさまさなかった。

「叔母ちゃん、ほんまにかわいい、ええ顔してるわ。笑てるみたいやし、気持よさそうや。やっぱり別嬪さんやったんやなあ。スタイルもよかったし。うちら、小さいころ、マッカーサーみたいにこわかったんやけどなあ」

棺に納まった母をみて、私の従姉たちがいった。母が夫に先立たれたのは四十七歳のときで、それから二人の息子は家を出て、ほとんどひとりで三十五年間、生き抜いたことになる。

戦前、父は和歌山師範を出て、上海の日本人学校で教えた。師範時代の親友の妹が母で、結婚が決まって式を挙げるため一時帰国したが、一週間いただけで、母を伴って上海へもどった。父二十五歳、母十八歳だった。住居は、共同租界の虹口《ホンキュー》の敏徳《びんとく》坊というところで、すぐ近くに日本海軍陸戦隊本部や内山書店、魯迅の寓居などがあった。当時、上海には三万五千人の日本人が住んでいた。

娘時代の母はとびきりのお転婆で、自宅から女学校まで三粁の道のりを自転車で通《かよ》った。当時、自転車に乗る娘はめずらしかった。永井のお転婆娘、と評判になった。

しかし、私が知っている母は自転車に乗れない。祖母から女学校時代の自転車のことを聞いた私が、それについてただすと、

「あんたを生んでから急に乗れやんようになったんや」

不可解である。自転車に乗れなくなったというのは、まあそういうこともあるか、と看過できるが、私の誕生が原因となると不安である。

私には生きていれば二歳上の兄がいた。兄を生んだときはそんなことは起こらなかった。さらに二歳下の弟がいる。この弟でもなく、なぜか私の誕生なのである。

だが、いまにして、こういう解けない疑問を残してくれたことが、なつかしさをかきたてる。

永井のお転婆娘が結婚して、上海に連れてこられると、三ヵ月間、泣きどおしだった。家から一歩も出なかった。

住居は、ロンドンの労働者用住宅と上海近郊の農家を折衷した煉瓦造り、三階建の棟割長屋の一軒だが、三階まで占有で、狭い急な階段が屋根に明採りのある三階まで通じている。

上海の横丁は里弄《リーロン》と呼ばれるものと、坊《ファン》と呼ばれるものがあって、里弄は「通り抜け出来ます」横丁、坊は「通り抜け出来ません」横丁である。母は、「通り抜け出来ません」横丁の棟割長屋で、毎日泣いていた。門番のインド人がよく慰めてくれた。

私は、日本人学校の資料をみる機会があった。そのなかに、当時の教員の居住図が載っていて、父の名前をみつけた。一九九五年、上海へ行ったとき、虹口をたずね歩いて、敏徳坊をみつけた。帰国して、母を見舞ったとき、敏徳坊に行ってきたことを報告すると、

「そんなもん、わざわざみに行って、何がおもしろいねん」

彼女は感傷的なことが嫌いだった。従姉たちからマッカーサーという渾名をたてまつられたのも故なしとしない。とにかく、なにごともさばさばしていた、というよりつんつんしていた。

六十代前半で軽い脳梗塞を患い、だんだんに左半身が不自由になっていった。特養老人ホー

ムに入ってから後半は車椅子生活である。

ホームでは、毎年九月十五日に家族パーティーが開かれる。息子の私も欠かさず出席した。ある年、食事会のあとの余興《アトラクション》で、地元の農家の主婦たちが日舞を披露してくれた。一曲踊り終わるごとに盛大な拍手が湧く。私も妻も拍手する。しかし、母はいっさいそういうことをしないのである。たまりかねて、

「お母ちゃん、せっかく踊ってくれてるのに、拍手してあげたら」

と肩に手をかけて呼びかけたとたん、きっとなって、私の手を振り払うと、

「あんたのそういうとこが嫌いや！」

といった。

私が、母が新婚生活を送った上海の家を捜しだしたのは、母の感傷を代行したようなものだが、彼女自身には感傷旅行《センチメンタル・ジャーニー》などがまんできないものだった。

その敏徳坊で兄が生まれ、疫痢にかかって一歳半で死んだ。日本の敗色が濃くなって、父は母を先に和歌山へ帰らせることにした。すでに南太平洋、東シナ海の制空権はほぼアメリカが握って、帰りの船も爆撃されるおそれがあった。

昭和十九年五月、黄浦江から揚子江に出る船に母が乗っている。東シナ海に出た。黄色い河から黄色い海へ。海はうねりが高い。母は、船が沈んで、死体がどこかに流れ着いても、身許が分かるように、父の写真と上海居留民証明書を縫いこんだ白い帯を体に巻きつけていた。

「わたしは東シナ海をひとりで泳いででも和歌山に帰るつもりやった。あのとき、あんたはうちのお腹の中にいたんやよ」

しかし、私が生まれたのは昭和二十年十二月十五日である。母の言を信じるなら、私は、母がひとりぼっちで東シナ海を渡った時からかぞえて一年七ヵ月後に生まれてきたことになる。

また母からの謎掛けだが、この疑問は、自転車のときより解きやすい。母は死を覚悟して、白い晒しの帯をぐるぐる巻きにしていた。だから、海と帯と死の予感が、のちの思い出の中で、私の懐胎という記憶を生んだのだ。

その数ヵ月後、父はわりとのんびりと、家財道具をまとめて帰ってきた。その中に父が大切にしていた紅木の本棚があった。

帰国後、父は半島南部の山奥の小学校に勤め、終戦を迎える。私は母の実家で生まれた。父は戦後も教員生活を送る。私が小学校一年生のとき、父が生まれ育った切目《きりめ》という海辺の村に家を建て、応接間兼書斎に大切な紅木の本棚が置かれたが、翌年、昭和二十八年七月十八日、紀伊半島を襲った台風が大水害をもたらし、建てたばかりの我家も軒近くまで水がついた。

母と弟と私は高台にある寺の境内に避難していた。切目川の堤防が決潰して、まっ茶色な濁流が押し寄せた。牛や山羊、箪笥や神棚が流されてゆく。

「お父ちゃんの本箱や！」

弟が指さして、叫んだ。わりと悠然と、浮かんだり沈んだりして遠ざかって、やがてみえなくなった。なぜかこの日、父はいなかった。

父は教員生活からやがて日教組活動に没頭するようになった。有名な勤評闘争のとき、和歌山県教職員組合の書記長で、闘争を指揮した。勤評闘争は、高知県と和歌山県がとりわけ激しかったといわれている。

その後、社会党から県会議員選挙に打って出て、当選した。私が小学校四年生のときで、地方政治家夫人となった母は、いつも苦虫を嚙みつぶしたような顔をしていた。

この選挙の前後に、私の記憶に残る二つの家族旅行があった。選挙後の、父が中国と北朝鮮への訪問団に加わったとき、家族で見送りかたがた東京旅行をした。

東京で、父は完璧な、今思い出してもうなるほどのみごとな詐欺に引っかかって、カンパのおかねや渡航費用やら我家の有金の大半を失くすのだが、その顚末については別のところで書いた（「父、断章」群像二〇〇一年七月号）。

あれはほんとうに起きたことである。私はずっと、そしていまはよけい、あのときの詐欺師「太田さん」に会いたいと思っている。なつかしい。父と母の無念を思う気持より「太田さん」のみごとな仕事ぶりに対する賛嘆の念のほうが強い。

この東京旅行は、父の初当選の翌々年の初夏である。選挙の前年の夏、もうひとつの大きな家族旅行があった。私が小学校三年生の夏休み。父は二泊三日の、熊野三山をめぐる旅行を計画した。

「紀伊半島を半周するんや。三熊野詣や」

と父はいった。

汽車に乗るのはいつだってたのしい。紀勢線はいまのようにつながってなくて、和歌山から三重県の木本《きのもと》までを紀勢西線、亀山から尾鷲《おわせ》までを紀勢東線と呼んでいた。木本・尾鷲間は、峻険な山が海に断崖となって落ちている難工事区間で、これが開通して紀勢本線となったのは昭和三十四年である。

紀勢本線の起点は亀山である。これは鉄道計画が立てられた戦前に決まったことだ。国鉄の列車の上《のぼ》り下《くだ》りは起点で決まる。起点から発車するのが下り、起点に向かう列車が上りとなる。起点の起点は東京。紀勢本線ではこの起点主義のおかげで、奇妙なことが起きている。われわれ紀伊半島の人間は、和歌山市や大阪へ行くことを上《かみ》へゆくという。大阪や和歌山市の人々を上《かみ》の人間という。

紀伊半島は、大阪や奈良や京都のある畿内から真南へ大きく、ひょうたんのようにぶら下がっているから、北へ向かうこと自体が都へ上ることになる。感覚的には、どうしても、上《のぼ》るなのである。ごまかしようがない。

なのに鉄道だけは、亀山が起点だから、切目からだと串本や新宮《しんぐう》へ、つまり半島の最南端へ、南の海へ向かう列車が上《のぼ》りとなり、和歌山、天王寺へ向かう列車が下りとなる。駅員が出てきて、改札口の太い木の格子柵を大きく腕を回して開けて、ただいまより下り天王寺行きの改札を始めます、という声を聞くと、私たちは何だかごまかされているような思いでベンチから立ち上がる。

私たち家族四人は、切目駅から上り田辺行き普通列車に乗り込んだ。私と弟は半ズボンに白の半袖ワイシャツ、父は白の開襟シャツ、そして母はごく薄いピンクの半袖のワンピースで、襟と袖にレースの飾りが付いていた。

駅は、岩代《いわしろ》、南部《みなべ》、芳養《はや》、田辺である。田辺まではなじみの駅で、南部には母の実家があるし、岩代や芳養には親戚がわんさかいる。田辺へは春休み、夏休み、冬休み、盆や正月には映画や花火やサーカスに連れて行ってもらったりする。田辺には映画館が七つあった。

田辺駅で、同じプラットフォームの反対側に停まっている上り周参見《すさみ》行きに乗り換える。ここから先は、もう私にとって異界である。

新庄、朝来《あっそ》、白浜、富田《とんだ》、椿、日置《ひき》、そして終点周参見。列車は海岸線を走る。どの駅もプラットフォームに波しぶきが届くほど海のすぐそばにある。

私と弟ははしゃいで、窓の下框にありったけの食べものを並べた。冷凍蜜柑、日の丸キャラメル、グリコキャラメル、カバヤキャラメル、明治のチョコレート、甘納豆、ジュース、お茶……、乗り換えのときにはあわててそれらをリュックに入れて、また並べる。

周参見からは枯木灘と呼ばれる荒々しい海岸線がつづく。山は断崖のまま海に迫り、断崖にはへばりつくように馬目樫《うまめがし》の木が群をなしていた。枝はみな山側に伏して、幹は互いに絡み合って風と波に対抗する。

海が絶えず手の届きそうなところにあり、時おり波しぶきが窓から入ってきた。トンネルが多くて、出たと思ったらまた暗闇の中に入る。トンネルでは窓を閉めなければならない。タイミングが少しでも遅れたら、もうもうと石炭煙が入ってくるからやりきれない。しかし、窓の開閉は子供たちにとってはスリルのあるスポーツのような動きだった。

「窓から首や手、出したらあかんで」

母が口を酸っぱくする。

「電信柱に頭ぶつけて、死んだひとがおるんよ」

でもやっぱり美しい海や島がみえると、どうしてもその風景にもっと近づきたくなる。

前方に、うっそうとした緑の島がみえ、その上を白い大きな鳥が舞っている。

「白鳥や！」

と私はいって、首を外に出した。そのとたん、何かが右目に入った。鋭く小さな痛みが走る。

しかし、私は右目の痛みをこらえて、鳥の飛翔を追いつづけた。

それは白鳥であるはずはなく、カモメにすぎなかったが、私は鳥が島を巻く風に乗って、さらに高く螺旋を描いて舞い上がり、やがてまぶしい水平線の空へ遠ざかって、点となり、消える一瞬までを追いつづけた。

痛みのせいで、右目から涙があふれた。ハンカチでそれを隠して、

「ねむとうなった」

といって、背凭れに顔を伏せ、目をつむった。何が起きたのか分からなかったが、やがて機関車の煙突から吐き出された石炭の微粒子がとび込んだのだと理解できた。

「おしっこ」

といって、ふらふらと立ち上がる。

洗面所の鏡に向かって右目を大きく開けると、白眼が赤く充血している。ハンカチを水で濡らして、指で瞼を引っぱり上げながら異物を取り出そうとするが、何度試みても埒があかない。どこに入ってしまったのだろう。ハンカチはあきらめて、洗面槽に水をため、顔をつけて何度も瞼をぱちくりぱちくり、閉じたり開いたりするが、石炭粒は出てきてくれない。目にゴミが入ったときは、しっかり目をつむって、辛抱強く待つのだ。そうだれかに教えられ、そういう経験は何度もしたし、たいていはうまくいった。私は座席にもどって、また眠ったふりをつづけた。

串本駅に着いた。旅の最初の目的地である。眠ったふりをつづけることはできず、起きて歩かなければならない。

「お兄ちゃん、どないしたんや？　目、つむってばっかり。せっかくの旅行やのに。お兄ちゃん、昔から窓から外みるの好きやのんに、なんでみへんのや？」

余計なことをいう弟である。私はもう痛くてたまらない。どこかに寝転っていたい。

「右目、どないしたん？」

母がいった。父も心配そうにのぞき込んできた。

「ああ、この子、汽車で石炭、目に入ったんや。首出したらあかんて、あんなにゆうてたのに」

私がいちばんおそれていたのは、私の不注意によって旅行が中止になることだった。

「大丈夫や。もう平気や」

と私は右目をパチパチやってみせる。そのつど鋭い痛みが刺す。母は私を串本駅のベンチにすわらせ、舌先で湿らせたガーゼのハンカチの先で目の中をさぐった。かすかな化粧水のにおいが漂い、母の唾が私の眼球を濡らす。ふしぎと痛みが薄らいでゆく。

「どこかなあ、どこにあるんかなあ」

と母はいう。みつからないのである。

「取れたみたいや。もう平気や」

といって、私はぱっと立ち上がった。

「ほんまにか」

母は半信半疑である。

「取れたかどうか、ようすみて、あかんかったらお医者さんへゆこう」

と父がいった。

観光バスに乗って潮岬へ向う。

本州最南端の岬の断崖の上に立って、太平洋をながめる。必死で右目を開いて。灯台にのぼった。少し痛みが引いたような気がして、私は精一杯はしゃいで、

「大きなったら、灯台長になるんや」

と口走った。父が、軽薄なやつだな、といったようすでじろりと私をみた。

串本駅にもどって、また汽車に乗る。私が窓側でなく通路側の席に腰掛けて、おとなしくしていると、弟と両親が窓一杯にひろがる橋杭岩と呼ばれる巨大な奇岩の連なりに賛嘆の声を上げる。

「ワァーッ、ピラミッドみたいや！」

弟の声につられて、私は片目の視線をさっと送る。ピラミッドなんかに全然似ていない。

「温泉の湯で洗うたら、取れるやろう」

と父は片目の息子に慰めるように声をかけた。

湯川駅でおりる。砂浜の中にプラットフォームがある。駅のそばから細い、川のようにうねりくねった入江が谷間づたいに二粁ほどつづいていて、奥まった畔に三、四軒の旅館がある。佐藤春夫がこの小さな温泉をゆかし潟と名付けた。私たちはそのゆかし潟の一軒に旅装を解いた。私と弟は生まれてはじめて温泉宿に泊る。はしゃぐなというのが無理だ。それに私の目は温泉で治るのだ。早速、ゆかたに着替え、大浴場へ向かう。私は湯に潜って、目を閉じては開

ける。それを何百回くり返しただろう。

「どうや？」

父と弟がのぞき込む。

「うん、だいぶええみたいや」

全然よくないのである。それどころかよけい痛みが増したような気がする。

翌日、一三三米の那智滝を片目で見上げなければならなかった。滝しぶきを浴びた。空は真っ青で、水はほんとうに天から落ちてくるようだった。あの水に打たれたら、目も治るかもしれへん、と私は思った。滝壺のほうへふらふらと行こうとして、父に止められた。

那智駅から再び汽車に乗る。那智駅のプラットフォームは湯川駅よりもっと波打際近くにあった。まるで桟橋に立っているみたいで、列車のステップを踏むとき、船に乗り込む気分だった。その一瞬、私は目の中の異物を忘れた。汽車が発車すると、海側の席を弟と奪い合った。私は必死でこの旅をつづけようとしていた。さっき、プラットフォームに立っていたとき、海風に乗って両親のささやきが聞こえた。

「ほんまにしつこい石炭やな。あの子もかわいそうに。お父ちゃん、引き返そうか」

母の声である。

「新宮ですぐ医者にみせよう」

と父はいった。

しかし、この日は八月初旬の日曜日だった。新宮の病院、開業医はどこも休診で、薬局も閉まっている。父が駅前の薬局の戸をしつこくたたき、勝手口に回ってなおも呼び立てて、どうにか事情を話して、目薬と眼帯を買ってきた。

駅のベンチにあおむけに寝た私の右目に、母はふんだんに目薬を垂らした。顔中びしょ濡れになった。たしかに少し痛みが引いたようだ。とにかくこのまま旅をつづけるために、私は歯をくいしばって頑張らねばならなかった。速玉神社におまいりして、石炭が取れますようにと祈った。旅の前、ほんとうはもっと別の大きな願いをしようと思っていた。

いよいよ熊野川を船で溯って、瀞峡《どろきょう》遊覧である。河口近くの川原に何隻もの船が繋留されている。屋形船の船尾に飛行機と同じプロペラが据えられ、それを回して進むのである。上流に行くと、川が浅いため、推進力と浮力を兼ねようという一石二鳥の考案だった。考案者は大逆事件に連坐して、死刑になった新宮の医師大石誠之助の甥の大石七分だといわれている。彼は、パリの癲狂院で亡くなっている。

乗り込んだ。船がぐらりと傾く。プロペラが回る。耳をつんざく轟音だ。船が進みはじめる。ここまで来たら、もう両親は引き返そうなんて言いださないだろう、と私は少しほっとする。たとえ目がつぶれても、私は旅行をつづけたい。

両岸に展開する風景、深い緑とそそり立つ巨岩と、そのあいだを糸を引いて落ちる無数の滝は、むなしく私の視界を通りすぎてゆく。

ひたすら石炭粒について考えをめぐらせた。考えて考えて、考え抜けば石炭粒を滅亡させることができるかもしれない。

ふたつの可能性について考えた。ひとつは、角膜の内側に入った石炭粒は、眼球を突き抜けて視神経までゆき、やがて脳に侵入する。私は発狂する。

もうひとつの可能性は、涙腺から涙嚢に入り、鼻涙管に来て、それを鼻汁や鼻糞といっしょに呑み込んで食道に行き、胃、腸と下って、西瓜の種のように肛門から出てゆく。もちろん望ましいのは後者の場合である。

熊野川は上流で北山川と十津川に分かれる。瀞峡は北山川である。プロペラ船はやがて分流点から北山川へと入ってゆき、瀞峡の深い渓谷の中を轟音たてて進んだ。

「ぼん、どないしやはった？　眼帯なんかして」

同乗の大阪の客がうるさく問いかけてきた。

「めばちこや」

と私はそっけなく答えた。

「そうか、めばちこか。それやったらええこと教えたげる。つげの櫛の背中をな、畳であつあつになるまでこすって、それをめばちこに当てるんや。てきめんに効きまっせ」

船は終点に着いて、川原に降りると、船頭から折詰め弁当が配られた。川原の真上に高い吊橋が架かっている。

「お兄ちゃん、元気だしなはれ」

と弟が呼びかける。

「兄ちゃん、丹下左膳みたいや。あと片腕なくしたらほんまの丹下左膳になる」

私はおどけて、ボタンをはずすと右腕をワイシャツの中へ入れ、手近に落ちていた棒切れを左手に持つ。股を開いて、低く半身のかまえで、

「片眼片腕、丹下左膳、こけざるの壺はもらった！」

と叫ぶ。目にはげしい痛みが走った。弟が拍手する。父と母は離れたところにいて、丹下左膳をまねている息子をみていなかったが、息子はずっと彼らを視野にとらえていた。弟がささやいた。

「お兄ちゃん、この旅行、ごまかしなんか？」

「なんでや？」

「さっきお母ちゃんがお父ちゃんにそうゆうとったで」

私はじっと唇を噛んで痛みをこらえる。

「ごまかしてなんやのん？」

弟が下から見上げるようにたずねる。

「胡麻のお菓子や」

「それて、このへんの名物か。まだ買《こ》うてえへんよな。どこで売ってんねんやろ。はよう食べ

たいなァ」

「そんなもん、どこにも売ってない」

私はぴしゃりと答えた。

帰りは流れに乗っての下りなので、プロペラを回さないから静かである。私たちは新宮にはもどらず、北山川と十津川の合流点にある船着場で下船して、バスに乗り換え、今度は十津川ぞいに本宮へ向かった。

本宮大社におまいりする。もう石炭粒が取れますようにとは祈らない。何も祈らない。

どうしてこの旅がごまかしなのだろう。私は執拗に自らに問いかけた。楽しいはずの家族旅行が、目に石炭が入ったばかりにみんなの気分をこわしてしまった、それがごまかしの原因なのだろうか。たしかに、石炭粒さえなければ、父と母のあいだはもっとたのしく、なごやかなものになったはずだ。

怒りがこみあげた。石炭粒に怒りをぶつけてもしかたがないくらいのわきまえはある。私自身に対する怒りでもない。

本宮のおまいりをすませたあと、乗合いバスに揺られて川湯温泉へ向かった。最後の宿である。明日はもう帰らなくてはならない。

大塔川に沿って、きれいな木造の宿が三軒並んでいる。大塔川は、大塔山（一一二二米）北麓の谷に発して、北東に流れ、十津川に合流する。川湯はその合流点から三粁ほど上流の深い谷間にあって、川原のどこを掘っても温泉が湧き出た。

今回の旅行の醍醐味は、この川原で、自分たちで掘った温泉に入ることだった。出かける何日も前から、私たちは何度もそのたのしみについて語り合った。

宿に着いたのは午後四時ごろで、窓の前に広がる川原ではすでにいくつもの風呂が掘られ、客たちが三々五々、気持よさそうに湯につかっていた。男や子供は裸だが、女はシュミーズやゆかたを着たまま入っている。体がすっかりあたたまると、今度は冷たい川に入って泳ぐのである。対岸に迫った山は照葉樹の原生林で、その緑が清流に映って、水はふしぎな色に染まっていた。

美しい川原の湯と川の流れをみると、今度こそ石炭粒は洗い出されるような気がして、私の心は少しはずみだした。

「ぼん、目、どないしたん?」

宿帳を持ってきてお茶を淹れてくれる女中が問いかけてきた。

「この子、汽車で目に石炭が入りましてん」

母が答える。

はやる気持を押えながらゆかたに着替えて川原へとび出してゆこうとしたとき、

「わたしはいかへんよって」

と母がいった。父や弟がどんなにすすめても動かない。なぜか私も行きたくなくなって、ぼ

んやり立っていると、

「お兄ちゃん、あんたも早う行っといで。お母ちゃん、ひとりにしといて」

もう目ばかりでなく、こめかみから頭の奥へと痛みが侵入してゆくように感じた。しかし、川原におりると、私はスコップを手に、夢中で穴を掘った。父や弟の倍は働いて、四人がちょうど入れるほどの立派な露天風呂が完成した。

「お母ちゃん、なんで来やへんのかなァ。恥ずかしいのんかなァ」

弟がいいながら指さした。

「あ、窓からお母ちゃん、こっちみてる」

半分ほど開けた障子の桟にもたれるようにして、母がこちらをみていた。父と私が振り向き、弟が手を振ると、ゆっくり障子を閉めた。

夕食の膳を囲む。父が酒をすすめても母は飲もうとしない。割といける口で、家ではよく、わたしにも一杯ちょうだい、と父にねだったりするのに。

膳が片付けられて、女中がふとんを敷く。

「ぼん、目、どないしたん?」

とまた別の女中に聞かれた。私も母も答えない。しばらくラジオを聴いて過ごした。

私たちはもう一度、川原へ出かけようと立ち上がる。今度こそお母ちゃんもいっしょに行こう。だが、母は、ひとりで内風呂に入るという。玄関まで送りに来た母が、お兄ちゃん、としんみりした口調で呼びかけてきた。

「あんた、しっかりしてや。お父ちゃんとお母ちゃん、別れるかもしれへんからね」

「こら、子供に何ゆうてるか」

タオルを肩に掛けて、父がふり返って、ぼそっといった。私は発狂しそうだった。

「どうや、少しは楽になったか」

父は割とのんきに湯につかりながらたずねた。

「あかん。石炭、もうぼくの目から一生取れへんのちがうやろか」

「そうか、川湯の湯でもあかんか。心配すんな。明日、田辺の病院へ行こう。それまで辛抱しいや」

……あかん、ぼくはもう死ぬしかない、と私はつぶやいた。

四人がそれぞれ四つのふとんに寝る。私がいちばん窓側だ。父が電灯を消す。ああ、もう明日《あ》《た》は家《うち》か、と弟がひとしきり旅の終わりを嘆いていたかと思うと、寝息をたてはじめた。発狂寸前の私は、なかなか寝つかれず、何度も寝返りを打った。父と母が眠ったかどうかは分からない。

ふっと母の低い声が聞こえた。

「痛いのんか。かわいそうになあ」

なぜかその声のあと、私は眠りに落ちていった。

私は夢をみた。夢の中で、私は母親に置いてけぼりにされる。母がいない。泣きながら家の中を、庭を、村中を、世界中を捜し回る。激しく泣く。涙が滂沱《ぼうだ》と流れ出る。と、目の痛みが消える。夢の中でも、ずっと痛みは通奏低音のようにひびいていたのだ。それが涙とともに流れ落ちた。

……と思ったとたんに目がさめた。顔も枕も涙で濡れている。

私は夢を思い出した。母に置き去りにされたのだった。

はっとなって、上半身を起こして、母のふとんをみる。ほんとうに母がいない。だが、目の痛みは消えている。母のふとんの隣で、父がいびきをかいていた。

そのとき、声がした。

だれだろう、と私は上半身を起こした。障子が明るいのは月明りのせいだ。耳をすますと、声は隣の部屋かららしい。障子を開け放って、二、三人の男たちが何かいっている。私は立ち上がって、窓に近づいた。

「人魚や。人魚が泳いどるぞ」

私は障子をそっと開けた。隣部屋の窓の手すりに三人の男が両手をついて、川のほうをのぞいている。私は視線をめぐらせた。

満月に近い月に照らされて、明るく緑色に輝く川面に、白いなめらかなものが浮かんでいる。きれいに抜き手を切って上流に向かって十米ほど泳ぐと、流れにまかせて下り、くるくると水の上で背中と腹を上手に回転させる。

「夢みたいや。川で人魚が泳いどる」

と再び男たちの声が上がる。

弟が起き出してきて、

「人魚やて？」

と私に体をくっつけながら川に向かって身を乗り出した。

弟が叫んだ。

「あれ、お母ちゃんや！　きれいやなあ」

素裸の母が泳いでいた。水の中で、自在に、光りかがやきながら。
三十二、三歳の母である。

午後四時までのアンナ

川が県境である。名古屋からの特急列車が丘をすべりおり、河口にかかる鉄橋を渡る。まっすぐ伸びた十両のクリーム色の車体にトラスの影が網目文様を描いた。

川のこちら側はすぐトンネルで、運転室を含むのっぺらぼうな顔付きの先頭車両がトンネルに入ったとき、最後尾はまだ対岸に残っていた。どんな列車でも川を渡る姿は美しい。先頭車両がトンネルを抜け出ても、後部の二両はまだ川の上にあった。

すぐに駅に着いた。

「新宮《しんぐう》、新宮」

駅のアナウンスがくり返した。ドアが開くと、それぞれの車両から四、五人ずつの客がプラットフォームに降り立つ。

「あれよ、久し振りやよ」

「ほんま、ごぶさたやよ」

「いま、どこにおるねん？」

「桑名やよ」

「そうかい。元気そうでなによりやの。ええ日和になったのお」

「そやのお。ちょっと暑いがのお」

フォームで知った顔同士が出会って、挨拶を交わした。

階段の下、真正面の壁にでんと大きな鏡が嵌め込まれている。何のためにあるのか。装飾のつもりか。その鏡に女の姿が映ったとき、階段をおりていた乗客たちは、あざやかで白い、高価な花束でもみたように、おう、と低い声とともにいっせいにふり返った。

地下通路を進み、階段をのぼって改札口にたどり着く。しんがりが花束のような女で、駅員に切符を手渡しながら、涼しげな声で、午後の名古屋ゆき特急の発車時刻をたずねた。

年齢《とし》は三十四、五といったところで、襟元と袖がレース編みになった白いデニムのドレスを着ている。髪はアップで、細いうなじがくっきりふたつに分かれ、まんなかに仄かなひと筋の青い影をつくっていた。

名古屋ゆきは三時四十八分のが一本あるきりだ。女は礼をいって改札口を抜けると、切符売場に直行して、名古屋まで特急一枚、と告げた。

「いつのですか」

「もちろん、きょうよ」

「はあ。すぐお帰りなんですか」

駅員は八角形の収納棚をくるっと半回転させ、普通乗車券と特急指定券を抜き取ると、日付印字機を通した。カチッ、カチッと小気味よい音がふたつひびいた。女が料金を差し出しながら、小さな窓口に形のいい唇を寄せて、

「丹鶴城旅館へはどういけばいいんでしょうか」

駅員は自分の坐った椅子をくるっと半回転させ、うしろに向かって呼びかけた。

「丹鶴城さんやてえ」

ロッカーのかげから年輩の駅員が帽子を直しながら現われた。

「丹鶴城旅館はもうやってえへんでえ。お気の毒やけどなあ」

女がけげんそうに瞬きすると、

「廃業したんや」

「でも、建物はあるんでしょ」

「まだありますけどな」

「じゃあ、道順をおしえてください。泊まるんじゃないんです」

駅員は小荷物カウンターのガラス戸をがらりと開けて、乗り出した体を左へとねじった。

「そこをな、左に折れて、信号があるさかいな、そいを渡って、踏切があるさかいな、そいは渡らんと、駅前本通商店街ゆうてな……」

詳しい説明が終わりがないかのようにつづくが、女は笑みを絶やさず、ときどき軽く左右に首を振ってきき入った。

「……というわけで、そこから先がえろう急な坂やがな、つい先《せん》までケーブルカーが動いとった。その上が丹鶴城旅館や」

女はうなずき、ボストンバッグをコインロッカーに預けると、駅前広場に出た。白いレースの日傘を開いた。ほんとうに白い花束のようになった。広場のまんなかに蘇鉄の植込みがある。そのかげから高下駄を鳴らして、若い板前ふうの男が近づき、すれ違いざま声を上げた。

「粋《すい》やないけ。だれやろ？　新宮ではまだみかけたことないぞ」

「ほんまに道順、分かったんかなあ。丹鶴城まで行きつけるかなあ。心配やなあ」

年輩の駅員が外に出てきて、ひとりごとのようにいうと、

「心配やったら、付いていってあげたらええやんけ」

と切符を売った駅員が応じた。しかし、遠ざかってゆく女のうしろ姿がいかにもあでやかだったので、彼らは何だか安心して、持ち場にもどることにした。

「三時四十八分の上りに乗るからな」

「うん。もういっぺん拝めるわな」

女は小さな白いビーズのハンドバッグを腕にぶら下げ、肩で日傘をくるくる回しながら歩いた。回すと歩行が滑らかになるような気がする。口笛を吹きたくなるのを怺《こら》えた。なにしろ彼

女にとって縁もゆかりもないはじめてのまちではあるし、再び訪れることもないに違いないまちなのだ。だからこそ、慎しく地味なふるまいを心掛けねばならないのだ。このまちを怖れているわけでも臆しているわけでもない。自分はこの見知らぬまちにひょんなことで運ばれてきた。風に吹かれた花びらのように。彼女はこの比喩が気に入って、もう一度頭の中でくり返した。用が済んだらさっさとひっそり退散するだけだ。たとえおなかが空いても、このまちのレストランで何か食べたりしないでおこう。食事をすれば、なんだかこのまちと切っても切れない仲になってしまいそうな気がする。できればトイレにすら行かずに済ませたい。

彼女は駅員におそわった道順を違えることなく、日傘をさして、右に曲がり左に折れ、ゆるやかな坂道を下ったりのぼったりした。細道を抜け、石の階段をのぼった。あんたの足なら二十分ほどの道のりや、と駅員はいった。

日傘を透きとおってきた陽の光が、彼女の顔にさまざまな薄い影紋様をつくった。さっきから道の右側ばかりを歩いている。人影はほとんどない。ゲーテ書房という本屋がある。そこを右へ曲るのだと教えられていた。ガラス戸に中から古びたカーテンを垂らして、本日休みます、という厚紙の札がかかっている。たいくつそうなまちだわ、と彼女はつぶやいた。どこかで釘を打つ音がしている。

向こうから水玉もようの日傘をさした中年女が近づいてくる。白いスピッツをつれている。こちらに向かって吠えかかってきた。しかたなく反対側へと横切った。

「咬まへんのよ。あんた、こわがりやなあ」

とスピッツの女は笑った。

「わたし、スピッツは苦手なの。家《うち》にはグレイハウンドがいます」

穏やかにやり返した。すると、スピッツは彼女に向かって前足を地面から浮かせて、いっそうはげしく吠えたてた。

それからは道の左側ばかり歩いた。まだ向日葵の残っている細道を小走りで抜け、十段ばかりの石段をのぼって左へと急な坂道を進むと、いきなりケーブルカーの駅に着いた。

「へい、いらっしゃい」

小箱みたいな切符売場の窓が待ちかまえていたように開いて、中から白いげじげじ眉毛の老人の頭がのぞいた。

「あら、動いているのですか」

「特別に動かします。きのうの惰性のようなもんで」

「この上に丹鶴城旅館があるんですね」

「あることは、ありますな。あんたはん、映画のお客さんでしょ？」

女は小さくうなずいて、小さなかわいいケーブルカーをみやった。

「乗ってもいいんですの？　おいくら？」

「ただですよ。先《せん》には三十円取っとったんやけどな。さあ、お乗り」

コンクリートの台に敷かれた細い頼りなげな二本のレールと、まんなかの一本のワイヤロープが一直線に、急傾斜で伸びている。片側はシイやタブなどの照葉樹がこんもりと枝をさしかわし、いっぽうは石積みの崖である。

こわごわ女が乗り込むと、ケーブルカーはぐらりと傾いた。何の合図もなく、ごとりと動き出す。ドアは開いたままだ。老人もとび乗ってきた。前方を見上げると、すぐそこにもう頂上の終点駅がある。

「あら、ケーブルカーはこれ一台しかないんですか」

「ケーブルカーといわず、鋼索鉄道というて下さい」

老人はしきりに指で眉毛を引っぱった。

「この鋼索鉄道はですな、正式に国の地方鉄道法の許可を受けたもんで、そんじょそこらの遊園地のケーブルカーとは違います。れっきとした鉄道やし、おまけに日本一短かい。七十二メートルしかあれへん。こいが自慢や。わしはこいでも運転資格を持っとんや」

彼は鋼索鉄道の来歴をひとくさり語ったあと、

「きょうが最後の最後の、とどめの運転や」

とさびしそうにいった。

「あんた、こっちゃへんのおひとやないね。ひょっとしたら水野さま、水野のお嬢さんやあれへんけ？」

眼下に新宮のまちが広がりはじめる。

「どうしてわたしが水野さまなの？」

「違うんか。なんやふとそんな気がしたもんやさかい。きのうのきょうやもんな。高貴のおかたかと……」

新宮は水野家三万五千石の城下町だった。明治維新で水野は去り、城は取りこわされた。その城跡をそっくり買い取ったのがこのあたりの有力な山持ちで、バス・タクシー会社と旅館、映画館なども経営していた。なにしろ眺望がいい。熊野川と太平洋とまちが一望できる。

昭和二十六年、城跡に丹鶴城旅館を開業し、二十九年には宿泊客送迎用のケーブルカーを敷設した。宿泊客だけでなく、展望台の利用客も片道三十円で頂上まで運んだ。老人の言うごとく、地方鉄道法にもとづくれっきとした鋼索鉄道で、駅間距離八十八メートル、レール距離七十二メートルと日本でいちばん短かい鉄道で、時刻表もあった。

新宮は南紀観光の拠点ではあるが、宿泊客は勝浦や白浜の温泉地に取られてしまう。大阪の大手私鉄の資本参加などもあったが、やがて経営に行き詰まり、一九八〇年、昭和五十五年の春、旅館の閉鎖と鋼索鉄道の運転休止が決まった。しかし、この年、美智子皇太子妃が南紀を訪問され、数時間、新宮に立ち寄り、城跡から熊野川と太平洋を展望されることになった。丹鶴城旅館で休憩される。そこで急遽、閉《た》てていた雨戸を開けて風を通し、剝がれた壁を塗り直し、障子を貼り替え、廊下と窓は磨き上げられた。ケーブルカーも整備され、この日一回限りの運転で、妃殿下をお乗せすることになった。

風に運ばれた花びらのように、ひとりの女がひょっこりこのまちに現われたのはその翌日のことである。

彼女はいま、ちっぽけな斜めにかしいだ箱に揺られながらのぼってゆく。風が吹き抜け、初秋の日ざしが内も外もなく降り注いでいる。きのう、たった一回きりの運転だったはずのケーブルカーが、なぜきょうもまた動いているのか。むろん彼女のためというわけではない。その理由を、このげじげじ眉毛の老運転士にたずねても、明確な答は返ってこないだろう。彼は、きのうの惰性のようなもの、といった。案外そんなところかもしれない。彼女に、水野のお嬢さまと呼び掛けたりしたのもまた、皇太子妃が訪れた余韻であるかもしれない。きのうの彼の緊張ぶりはすさまじかった。……なんしろ、わがまちは皇室には負い目があるからのお。

頂上駅に着いた。巻上機のモーターの音が止まる。彼女は日傘を開いた。老人は先に立って、丹鶴城旅館まで案内する。

平坦な地面に曲りくねったマカダムの小道があり、やがて左右に熊野川の上流と新宮の街並みが本を開くようにみえてくる。しかし、彼女が渡った河口にかかる鉄橋は、数本のクスの大木に遮られている。小さな池の石橋を踏むと、もうそこが玄関だった。女は日傘をたたんだ。建物は熊野のヒノキやスギをふんだんに使った三層の凝った和風建築である。

老人が声を掛けると、中の暗がりから若い男が出てきた。女は、きょうの催しを新聞でたまたま知ったことを告げた。

「申込みはされてますか」

「予約がいるんですか。わたし、今朝、新幹線で、背もたれの網袋にどなたかが置いていかれた……、何やら新報とかいう……」

「南牟婁新報でしょう、たぶん。一週間前の新聞だと思います。だれぞ、このへんの人間が捨てていったんやろなあ。希望者は、新宮市役所広報室へ申込むよう書いてあったはずですが」

「きょう、一時半から上映会があるとだけ。それであわてて名古屋でとびおりて……。気がつかなかったわ。でも、気がついたとしても、やっぱり来たわ。京都へ行く予定だったのよ。おねがい、遠くから来たのよ」

若い男はいったん奥へと引っ込む。老運転士はいつのまにかいなくなっている。遠くから来た女は軽く下唇を噛んで、ぼんやり立っていた。

やがてまっ赤なカーディガンをはおった小肥りな中年の男が現われた。

「遠くからおいでとか。ご存知でしょうか。きょうの上映会は昭和十八年と十九年のニュース映画だということを」

女はうなずきながら、相手の男がかすかにやぶにらみであることに気付いた。

「ぜひみせていただきたいの。だって、どこにもないフィルムなんでしょう」

百目鬼《どうめき》氏は廃業した丹鶴城旅館主で、市役所に勤め、広報室長でもある。昔、関西学院で映研に入っていた。

映画全盛期の昭和三十四、五年ごろ、新宮には五つの映画館があり、なかで最も歴史も古く大きかったのが丹鶴劇場で、これは百目鬼氏の祖父が昭和十三年にはじめた。映画館が次々と消えてゆくなかで、最後まで頑張ったのも丹鶴劇場だが、それも昭和五十四年、一九七九年、つまり、このまちに風にのって花びらが舞い込むようにひとりの女が現われた前年、四十一年の歴史の幕を閉じた。

廃館が決まって取りこわすさい、物置きの中から大量の古いフィルム缶がみつかった。戦前のニュースフィルムや劇映画だった。今も昔も、フィルムは巡回貸与式で、封切り館、二番館、三番館と順ぐりに回ってゆく。だから映画館に残ることはないのだが、祖父は気に入った映画やニュースフィルムを巡回が終わったあと、映画会社に談判して安く買い取っていた。もともと彼はニュース映画の大ファンで、丹鶴劇場の最初は「ニュース館」という名称でスタートしたのだった。

テレビのない時代、ニュース映画は映画館のプログラムに欠かせない存在だった。ニュース映画専門館があちこちにあった。戦前は、ニュースをみるために人々は映画館にやってきた。人気は事変もの、大相撲、早慶戦などでやがて戦争が本格化してゆくと、みんな戦場のようすをこの目でみようと押しかけた。出征した父や夫や息子が映っているかもしれない。

これらのニュースフィルムのほとんどは戦後、米軍に接収されるか散佚して、めったにみることはできなかった。丹鶴劇場の物置きから出てきたフィルムはなかなか貴重である。百目鬼氏は、これを順次公開することにした。旅館を廃業したのがこの年の三月で、五月からほぼ隔週に、旅館の大広間を使って上映会を開いている。申込みは市の広報室で受け付けた。

そこへいきなり、皇太子妃が立ち寄られることに決まって、この一ヵ月というもの、てんやわんやの大騒ぎだったが、きょうの上映会は半年も前から決まっていた。しかも、これが最後となる。祖父のコレクションは昭和十三年から十九年までで、それ以降のものは含まれていない。おそらく、昭和二十年は敗戦の年で、満足なニュース映画は供給されなくなっていたのだろう。

飛び入りの客をお断りするほどの秘密めかした催しではない、と百目鬼氏は考えた。それに、なかなか美人《シャン》な女性である。なんだかよく分からないが、訳ありそうなところもいい。

「それではどうぞ」

と先に立った。女は上がりかまちに両膝ついて、靴脱ぎからハイヒールを三和土《たたき》におろして揃え、あとにしたがう。

「ご立派な建物ですね」

「これも年内に取りこわしです」

「まあ、もったいない。でも、お城あとが私有地とはめずらしいですわね」

「そうですね。おかしいでしょう。でもまあ、そういうことで。あとは市の土地開発公社が整備して公園にします。さあ、こっちです、どうぞ」

案内されたのは畳敷きで五十畳ほどの大広間で、開け放った障子の向こうにきれいに手が入ったばかりの築山がみえた。右手が床の間で、そこに二台の三十五ミリ用の映写機がでんと据え付けられ、脇の書院には錆びたフィルム缶が山と積まれている。反対側の壁面一杯に巻上げ式のスクリーンが掛かっていた。

広間のまんなかへんにひとかたまりになって談笑していた男ばかり七、八人の客がいっせいに、まるでたったひとりの人間のようにふり返った。しんとなった。彼女から発する仄かな芳香が、庭からの陽光にあたためられて広がった。

まんなかよりやや後方に、一脚の古びたなめし革のソファが置かれていて、彼女はそこに掛けるよう勧められた。他の客はみんなざぶとんにすわっている。ソファに陽が差して、なめし革に一面こまかなひびわれができているのがみえた。

「では、時間ですので、はじめることにいたします」

百目鬼氏が声を掛けると、客たちが立ち上がって、次々と数え切れないほどの雨戸を閉《た》て、障子を閉めた。これで外光は遮断され、天井の一基の蛍光灯と二台の映写機のアーク灯から放たれる明りだけになった。みんなスクリーンに向かってすわる。正座したり、あぐらをかいたり、ざぶとんを敷かずに両手で胸に抱え込んだり、ざぶとんを枕代わりに寝転んだりとさまざまである。

やがて電灯が消される。リールの回る音がして、スクリーンにフィルムの傷が流れた。映画がはじまる。行進曲がひびき、撃ちてし止まむ、という文字が大写しになる。映写機のそばで、百目鬼氏が、淀川長治調のちょっとした解説を加える。

「これはですね、はい、昭和十八年の日本ニュースです。この前、お話ししたように、昭和十五年から大毎や読売や朝日のニュースが政府の命令で日本ニュース映画社というのに統合されたんです。はい、いよいよ軍国主義の世の中に入っていったんです」

タイトルと画像がくりだされてゆく。

「中華民国、米英に宣戦布告」、演説する汪兆銘の顔のクローズアップ。

「通天閣炎上、残骸は屑鉄として供出」、炎上する通天閣のロングショット。

「築地市場に大量の寒ブリ入荷、東京市民十五〜六人に一きれずつ割当てられる」、並べられたブリの切り身のアップ。

「大本営、ガダルカナル『転進』を発表」

「山本元帥国葬」、日比谷公園葬場に向かう柩につき従う人の列がながいあいだつづく。

甲子園球場の鉄傘が解体されるようすが映し出される。

「そうか、あの鉄傘も供出の憂き目におうたんやったか」

ざぶとんを枕にした客が嘆息するような声をあげた。百目鬼氏はフィルムの交換に忙しい。なにしろ一巻の上映時間が十分しかないから、A機とB機の繰り出しと巻き取りに右往左往する。……あの女性、と彼はつぶやく。いったい何しにきたんやろ？

彼女はソファをひとりで占領して、やや横坐りの姿勢で、軽く結んだ両手を膝の上にのせ、すっかりくつろいだ雰囲気を漂わせている。それほど真剣にスクリーンに集中しているようにはみえない。むしろ彼女の頭上を走る太い光の束のほうに興味をひかれているようすだ。光の束の中では、あたためられた埃がゆるやかに煙のように舞っている。画面の明暗の交代や変化につれて、光とかげが微妙にまざりあう。

スクリーンでは、ＢＧＭに「観兵行進曲」がかかり、激しい戦闘場面がはじまる。アメリカの航空母艦の艦上がとらえられる。日本軍機が甲板めがけて飛来する。撃たれて艦砲の前に倒れ込む米兵。対空砲火の中につっこんで来て、撃ち落された日本機が甲板に墜落して炎上する。

「えらい迫力やなあ」

ナレーションは告げる。

「十月二十六日、南太平洋海戦において、我が海軍航空部隊は敵空母集団を猛襲せり。本映画は、敵空母ホーネット艦上より敵側により撮影されたるものにして、故意に米空母の不沈性能を宣伝せんとする編集の跡を見るも、右空母は本海戦に撃沈せられたる事実は、後日、敵側も自ら発表せるところなり。本映画によって、我々は、近代戦の凄愴苛烈なる様相に接すると共に、南冥の空遠く護国の華と散りゆく勇士の崇高なる姿を目のあたりにし、我が将兵の勇猛たぐいなき攻撃精神に襟を正し、頭を垂れるものである。さらば一億挙げて戦闘配置へ……」

暗転し、音楽は「観兵行進曲」のまま、「出陣学徒壮行会」のタイトルが出る。フィルムの傷とほんものの土砂降りの雨に濡れながら、学徒たちが制服制帽、ゲートル姿で、校旗を先頭に担え銃をして行進する。水溜りに彼らの姿が映る。スタンドを埋めた女学生や児童らが手を振っている。

最前列で正座していた老人が小さなうめき声を上げ、スクリーンに向かって手を振りはじめた。それから起き上り小法師のように立ち、スクリーンに駆け寄った。

「わいもおったんやで。このへんにおったんやで。行進したんやで。このへんや、このへんやった」

一瞬、老人の姿が画面の中に消える。若い男が彼を抱きかかえるようにして救い出した。

昭和十八年のニュースは終わった。ぱらぱらと拍手がおこった。……そうだわ、と女がつぶやく。昔はよく映画をみていて、拍手をしたり声援を送ったものだわ。

灯りがついた。みんなほっと大きく息をついて、お茶を飲み、出された柚子最中《ゆずもなか》を頬ばった。

彼女、いったいだれだろう、と百目鬼氏は映写機の周囲を腕組みしてぐるぐる回りながら自問した。どこのだれで、いったい何の目的でやって来たのだろう。さほど熱心にスクリーンに注目しているようすもない。戦前のニュース映画に興味があって、だれかそこに映っている人間を捜しに来たのに違いない、という最初の判断を訂正して、彼はもう一度推理し直してみることにする。ある疑惑が浮上する。……ひょっとして、父が外につくった子、妹なのではあるまいか。

父親は十年前に亡くなったが、人づてに彼に東京か横浜に子まで成した愛人がいたらしいと聞いたことがある。大いにありうることだ。昔の山持ちの暮らしは豪勢だった。中国との戦争がはじまるまでは、有力な山持ちは山の見回り用にヘリコプターを二機や三機所有していて、祖母などヘリコプターで遠く日本橋の三越まで買い物に出かけたという。戦後、アメリカは農地解放はやったが山林には手をつけなかったから、山と海しかない紀伊半島では山持ちはやはり大威張りであった。父が愛人を囲っていたとしてもふしぎではない。父親がクモ膜下出血で死んだとき、百目鬼氏は会葬者の中に父の愛人らしき人かげを捜した。

男ばかり三人きょうだいの氏自身、十八、九歳ごろまでは姉の存在を、二十五、六をさかいに妹の存在を夢見ていた。父が外につくった子供と争いごとになるのはご免だけれど、それが美しい妹の姿で現われるなら……。その夢想は四十を過ぎたいまも変わらない。いま、ソファに腰掛けている女性がその夢想の実現なら……。

彼は横顔をちらちらと盗み見る。微妙な角度で首をかしげている。何も読み取ることができない。むろん、父の面影の片鱗すら認められない。

旅館にはきのうの騒ぎのあと片付けに、以前の従業員の何人かに来てもらっていた。百目鬼氏はあることを思いつき、それを実行することにした。きのう準備した酒肴のほとんどが手つかずのまま残っている。それらをあたため直して、本日の客に提供する。早速、豪華なお膳が運ばれた。遠慮する客、尻込みする客に呼びかける。

「どうぞ、どうぞ。どうせきのうの残りもんやし、きょうで最後やし。遠慮のう、遠慮のう。食中毒の心配はありまへん」

「わたしはいただけませんわ」

「そんなこといわんと。どこのどなたか存じませんが、これも何かの縁やと思うて、まあ一杯どうぞ」

さきほどの学徒出陣の老人がグラスとビールを持って駆け寄った。学徒兵の生き残りのすすめとなると、むげに断われない。

「そうですか。じゃあすこうしだけ」

このまちと縁など結ばないうちにさっさと帰るつもりが、こうしてビールを飲む破目になった。つがれればつがないわけにはゆかない。

百目鬼氏は、口もとにグラスを運び、ビールを相手のグラスにつぐ彼女の優雅な手つきを感嘆してながめ、思いどおりの展開になったことをよろこびながら、次のもうひとつの思いつきの実行にとりかかった。

「はい、それではみなさん! 暗い戦時中のニュースばっかしじゃ気もふたぐことでしょう。みなさん、ええのんをおみせしましょう」

内心は女に向かって語りかけている。

「ええのんちゅうと、こいはポルノやな」

笑い声があがった。百目鬼氏はなみなみとつがれたビールを一気に飲み干し、

「鈴木くん、手伝ってくれ」

といって、書院のフィルム缶の山の中から七個ほど選び出し、鈴木くんと呼ばれた若い男に映写機まで運ばせた。一巻目のリールをA機のくりだしにセットし、フィルムを巻取りリールへとつなぐ。

「鈴木くん、二巻目をそっちにかけて」

鈴木の助手ぶりは板に付いている。

「オーケー。じゃあ、電気消して。みなさん、食べながら、飲みながら、おたのしみ」

「暗いとなあ、味なんか分かれへんで」

「まあええやないけ。丹鶴さん、はじめよう、はじめよう」

「さて、いまから上映しますんは、かのマキノ正博監督が昭和十四年に京都で撮った日活映画です。ディック・ミネや片岡千恵蔵、そいに志村喬が出ております。女優さんもみんな美人《シャン》でっせ。時代劇ですが、みんな歌をうたいます。チョン髷ミュージカル。それでは、はじまり！」

「昭和十四年て、何年前や？」

「四十一年前や」

元学徒兵が答えた。

「そうか、四十一年も前か。僕はまだ生まれてへん」

「あんた、いくつや」

「四十一や」

「お静かに」

陽気でアップテンポな和風ジャズ調の演奏とコーラスとともにタイトルが出る。

「えろうむずかしい題やないけ。なに歌合戦て読むねん？」

連名《クレジット》が流れる。

「おしどり、おしどり。おしどり夫婦のおしどりや」

みんな歌いながら登場する。ディック・ミネのバカ殿と志村喬の傘張り浪人がいる。ふたりとも骨董狂いで、目ききを任じているが、同じ骨董屋にいつもがらくたをつかまされていても、懲《こ》りない。

バカ殿が家来を引き連れてまちへ骨董あさりに出かける。歌をうたいながら闊歩する。

僕は若い殿さま　家来どもよろこべ
今日も得意にどっさり買った　掘り出し物だよ
おゝ　まちの空　僕の空
あこがれのゆめのたから　胸に抱けば

にやりといつかこぼれる　この笑顔

しかし、殿さまは骨董ばかりでなく、好色で、女あさりもまたまち歩きの目的である。

まちをゆけば　まばゆい
青春の花園　すごいシャンだ
みめよい　たから　掘り出し物だよ
おゝ　若いもの　僕のゆめ
くろかみの甘いかおり　かわいおとめ
ひとめでとろり　あの娘にまいっちゃった
「はっ、ご鑑識のほどおそれ入ります」
「であろうがな、だれか、札を入れてまいれ」

「ええのう、ディック・ミネは。ほんもんの歌手やったのう」
観客たちはざぶとんの上で、リズミカルな歌に体を揺すって拍子を取りはじめる。寝転んでいた者も起き上がった。女も声を上げて笑った。
志村喬にはひとり娘お春がいる。日傘張りで稼いだ金をぜんぶ骨董につぎこんで、米は買えず、麦焦がしばかり食べている。
「おとうさん、麦焦がしばっかりじゃいやぁよ。だって、麦焦がしでおなかがふくれないんですもの」といって歌う。

あれまぁ　まったくやるせない
わたしたくさん　お父さま
聞いただけでも　麦焦がし
胸がむかつく　いやなもの

場面は変わって、お春はたくさんの日傘が並べてある空地で、塗りたての日傘を干しながら歌う。

色もとりどり咲いている
お花畑は　だれが知ろ
青い絵日傘　紅日傘
干せばうたうよ　恋の鳥　恋の鳥
とかく浮き世はままならぬ

日傘さすひと　つくるひと
うたの文句がいやがらせ
憎いひとほど　いとしいわ　いとしいわ

お春には好きな人がいる。長屋の隣に住む木刀削りの浪人、片岡千恵蔵だ。しかし、千恵蔵を好きな娘は他に二人もいて、恋のさや当て合戦がはじまる。

みんな、もうすっかり映画に夢中である。女性客も手を拍ち、からだを軽くよじって笑う。まるでこの映画をみるためにやってきたかと思えるほどだ。

とつぜん、彼女が小さく悲鳴を上げて、ソファの肘かけにしがみついた。揺れている。画面も少し揺れている。

「地震！」

と立ち上がって、急いでソファの下にもぐり込もうとする。

「あんた、何をそんなにこわがっとるんです？」

ざぶとんを抱えた男が笑いながらふり向いた。

「だって、地震よ」

「違う、違う。汽車が通ってるんや」

「どこを？」

「ちょうどこの大広間の真下を紀勢本線のトンネルが走っとってな。二時十五分の下りの特急が通ってるねん」

まだ揺れている。彼女はソファに掛け直した。そのあいだに、スクリーンでは、のどかに進行していた話が急展開の様相をみせはじめる。

志村は狩野探幽の絵がほしい。五十両する。骨董屋で偶然鉢合わせしたバカ殿が、風流に志すもの、仁徳を積むものこれ名君なり、と家来の口車に乗って、五十両の金を志村に融通してやる。

殿さまはお春を見染める。側女にしたい。

「お父さん、あたし、おめかけなんて死んでもいやよ。ねえ、お父さんたら！」

娘を差し出さぬなら、用立てた五十両を即刻返せ。返しましょう、この探幽を売って。やっと手に入れた探幽だが、娘には替えられない。

しかし、探幽の掛軸はまっかなにせものと分かる。たったの三両にしかならない。麦焦がしばかり喰って、せっせと買い込んだ骨董をぜんぶ売り払っても十二両にしかならない。骨董屋はいう。

「よくもまあ、これだけのがらくたを揃えたも……」

売りつけたのはこの骨董屋である。途中で黙るのも無理はない。

「お父さん！」

「すまん」

「どうすんのよ、こんなことになっちゃって」

「すまん」

「ちょっと榎本《えねもと》はん、懐中電灯、つけたり消したりせんで下さい」

と百目鬼氏が注意する。

「すんまへん」

「何してんねん？」

「お春さん、べっぴんやからなあ、もうちょっとようみせてもらおう思うて」

「アホかいな」

女が涼しげな笑い声を上げた。

「お父さん、あたし、いくら考えてもおめかけなんていやあよ」

「もっともだ」

「お父さん、しっかりしてよ」

「そやそや、志村喬、しっかりせんかい！」

「もっともだ」

「お父さん！」

「もっともじゃ」

「お父さん、きらい！」

「そや、わしもきらいや」

「シーッ、スクリーンに向かって声を掛けないで下さい」

志村喬が二束三文の汚い茶碗を手にし、ためつすがめつして、

「あゝ、これがにせものとはなあ」

と嘆息して、歌う。

　さて、さてさてこの茶碗
　ちゃんちゃんちゃわんと音《ね》もひびく

お春、はげしく、

「お父さん！」

「あっ、夜逃げじゃ、夜逃げしよう」

「夜逃げ？」

志村喬が伴奏なしにスローテンポで歌う。

　すっからかんの　から財布

あるのはがらくた　骨董品
夜逃げをするなら　いまのうち
娘よ手伝え　したくしな

あとは急転直下、お父さんの麦焦がしを入れていた汚い壺が一万両の壺と分かって、欣喜雀躍するのだが、片岡千恵蔵はお金持ちになったお春が嫌いだ。するとお春は、

「うん、分かったわ」

といって父親から壺を取り上げると、地面にたたきつける。

「よう、お春ちゃん、えらいぞ！」

これはスクリーンの外からの声である。

大団円が来る。いつのまにかみんな絵日傘を手にしていて、歌いながらそれをパッと開いて、くるくる回しながら……、完。

拍手がわき起こった。灯りがつく。みんなの頭の中は歌と回る日傘で一杯だ。

「それでは、時間もたちましたから、休憩タイムなしで、ただいまより昭和十九年のニュースを上映して、終わりにいたします」

百目鬼氏が声を張り上げた。『鴛鴦《おしどり》歌合戦』が好評だったので、気を良くしている。

ニュースがはじまった。しかし、みんなはもううわの空である。

昭和新山の誕生。臨時召集され、品川駅で見送りを受ける出征兵士たちの顔、顔、顔。特攻艇「回天」、米艦隊泊地を攻撃、多大の戦果！

フィルムの巻取りが終わっても、百目鬼氏はしばらく停止ボタンを押し忘れていたので、空《から》のリールが風車のように回っていた。

灯りが点り、戸がいっせいに開けられ、まぶしい陽光が広間をみたすと、だれもが夢からさめた思いだった。まだぼうっとしている。

「さあ、お酒も料理も残さずに食べてってくださいよ」

百目鬼氏が呼びかける。女が立ち上がった。腕時計をみる。三時十五分である。

「ありがとうございました」

きれいなお辞儀をした。

「もう何度もごらんになってるんでしょう？」

「そうですねえ、五、六回ぐらいかなあ」

と百目鬼氏は面映ゆげに答えた。

「こんな映画が戦争中につくられてたとは信じられへん。スウィング・ジャズ、ポップ、ワルツ、軍歌、アフロ・キューバン風味のラテンナンバー、とじつにみごとなアンサンブルや。数えたら三十五曲も楽曲が入ってるんです。家内はおぼえてしまって、ぜーんぶ歌えるんですよ」

玄関に向かう彼女を追いかけながら百目鬼氏はいう。女が立ち止まり、ふり返る。

「おじゃましました。でも、来てよかったわ。……わたし」

……ほら、きたぞ、と百目鬼氏は胸のうちでつぶやく。やっとこの女《ひと》の正体が分かるぞ。緊張して、次の言葉を待ち受ける。きまじめな、しんみりとしたまなざしが彼に向けられる。

「お父さん！」

百目鬼氏はびっくりして、思わず一歩、二歩と後退する。そのとき、片方のスリッパを踏んづけてよろめいた。

女は頰に軽く右手の甲を当てにっこりした。

「ごめんなさい。音楽が三十五曲でしょう。じゃあ、お春さんが、お父さん、て何べん呼んだかしら、と思って」

「さあてね。あまり気にとめたことはないですなあ」

がっかりした調子である。なぜがっかりしたのかは百目鬼氏自身にも分からない。

「わたし、気になって、途中から数えはじめたんですよ。ほら、麦焦がしの歌のあたりから。でも、おしまいまでは数え切れなかったわ。わたしが数えたぶんだけでも三十六回」

「はあ、そんなに。それだけでも大したもんですなあ。多い」

「でしょう？　ぜーんぶ数えたら大変なものよ。それもひとつひとつニュアンスもトーンも違う。いちばん最後は、ほら、壺を割って、おこっちゃいや、ねえ、お父さん、あきらめて……」

百目鬼氏はすがめをうんと大きく見開いてうなずくと、指をパチンと鳴らした。

「そうや！　そういえば、あの映画、三人娘の恋合戦でもあるけれど、お母さん、という言葉は、いっぺんも出てきえへん。ふしぎやなあ」

「ほんと、そう。母親のかげもかたちもない。ふしぎな映画……」

と優雅なしぐさで靴をはく。靴脱ぎから土間におりて、ふり返る。ふしぎな女やなあ、と百目鬼氏はつぶやく。

「……戦死した父が」

とさらりといった。

「わたし、父を知らないのです。亡くなった母が、父が十九年のニュース映画に出ていた、パパに会いたければあの映画を捜すことよ、といって。でも、まさかと思って、それでもきょう、疑心暗鬼で……」

「それで、ありましたか」

女がうなずく。

「どれですか」

「品川駅で出征兵士を見送るところ。自信はありませんが、あの画面の左がわで、窓から顔を出していたメガネの兵隊さんが父のような気がします」

「なるほど、お父さん！　ですね」

「おねがいなのですが、あれを紙焼きにしていただけないでしょうか。あとで送っていただけるといいんですが」

百目鬼氏がすまなそうに頭を掻いた。

「あのフィルムは東京のフィルムセンターに渡すことになりまして、それが明日、取りにこられるです。個別には対応できないんですよ。申し訳ありませんが」

「そうですか」

しょんぼりしたようすをみせた。

「しかたありませんわ。でも、おかげで、生きている父と会えました。ありがとうございました」

気を取り直して、明るい表情で答えた。そのとき、百目鬼氏は彼女の首の飾りに目がいって、思わず問いかけた。

「ええペンダントや。青金石《ラピスラズリ》ですかね」

「ええ、でも、これ、ロケットなんです」

深い群青のアーモンド型の石を胸の前に掲げた。

「お父さんの写真ですか」

「いいえ」

と首を振った。

「父のではありません」

といって腕時計をみた。

「あら、あと二十分しかないわ」

くるりと背を向け、日傘を開くと、陽光のあふれる中を遠ざかってゆく。

「『鴛鴦歌合戦』、お父さんもごらんになったかもしれまへんなあ」

と呼びかけた。ふり返りはしなかったが、うなずいたのは分かった。

彼女は小さな池にかかった石橋を渡る。その靴音が百目鬼氏まで届いた。曲がって、みえなくなった。

老運転士が彼女を待っていた。

「この石垣の上に与謝野鉄幹の歌碑がありますねん。秋晴れよ　丹鶴城址　兒に見せむ……いや、違うた、こいは佐藤春夫やった。高く立ち　秋の熊野の……ご案内しましょうか」

「いいえ、けっこうです。時間がないの。運転士さん、これ、ほんの気持ですけど」

と紙に包んだ紙幣を差し出した。おおきに、と老人は素直に受け取った。

「じゃ、降ろしてくださる?」

日本一小さくて短かい鋼索鉄道は、ゆらゆらたよりなげに地上に降りてゆく。

「今生の、最後の運転であります。きのう、皇太子妃殿下が最後のお客やと思とりましたが、きょうこそ、あんたさんが真《まこと》の最後のお客さんになりました」

「でも、まだ上にいらっしゃるわ」

「あの人らを乗せることはありません。あんただけがお客さんです」

「光栄だわ」

「はあ、まことに……。着きました」

下駅の階段付近と道の向こうに、十五、六人の人間が立っている。彼女がおりてくるのを待っていたようすだが、話しかけてくるわけでもなく、ただ遠巻きにしてながめている。彼女が日傘を肩でくるっと回すと、ほうっとため息のようなものがもれた。歩きだした。あと十五分しかない。急ぎ足になる。乗り遅れたら、このまちに一日、足留めをくらうことになる。

駅までの道にも人がいた。軒下や窓や店先からのぞいている。来た、来た、とささやき交わす。先程は人っ子ひとりいなかった。

駅前広場には五十人以上もの人間が集まっていた。彼女が登場すると、しんと静まり返った。スピッツを連れた中年女がいる。高下駄をはいた板前もいる。道を教えてくれた駅員は制帽を小脇に抱えて、彼女に向かって何かの合図のようにうなずいた。日の丸の小旗を持った老婆と子供もいる。それを打ち振るわけではないが、どうやらこれもきのうの名残りであるらしい。

女は立ち止まり、はにかみ、途方に暮れた表情を浮かべた。声が聞こえる。

「きのうはちょびっとしか拝めんかったけど、きょうのはようみられる」

日傘の下の顔に微笑が浮かんだ。広場の人々に向かって、軽く、にこやかに会釈までした。日傘をたたんでさっと身を翻すと、ロッカーからボストンバッグを取り出し、改札口を駆け抜けた。階段をおりる。正面の大きな壁鏡に映った自分の姿にほほえみかける。花束みたい、とおもう。

反対側のプラットフォームに駆け上がった。待つほどのことなく名古屋ゆき特急が入ってきた。彼女が自分の指定席を捜し当て、腰をおろしたとたん、列車はトンネルにとび込んだ。

百目鬼氏たちは、大広間で、トンネルの振動に心地よく身をゆだねていた。

「おう、トンネルを抜けるぞ！」

いっせいに立ち上がると、庭におり、築山を駆けのぼり、駆けおりる。元学徒兵が転んで、百目鬼氏がたすけ起こした。

庭の東端は崖で、珍しいナギの生垣をめぐらしてある。生垣ごしに下をのぞき込んだ。トンネルを出た特急が鉄橋を渡るのがみえた。ゴーッという音がのぼってきた。

彼女を乗せた列車が川幅いっぱい、すっとひと筋に体を伸ばして、走り去ってゆく。

「美しいのう」

だれいうともなく声が上がった。

とうとう最後まで名無しの権兵衛さんやったなあ、と百目鬼氏はナギの葉っぱを口にくわえてつぶやく。胸のロケットにはいったいだれの写真が入ってたんやろ……、と考えてもしょうのないことをまだぶつぶつつづける。そうや、写真とはかぎらへんな。髪とか爪とか……。

チパシリ

監獄で堕落させるよりは逃走させるほうがましだ。

M・リープマン

1

昭和八年四月十二日、岩手県九戸《くのへ》郡軽米《かるまい》町の雑貨商で土蔵荒しがあり、主人と番頭が気付いて駆けつけ、賊を組み伏せたが、もみあううちに番頭が短刀で刺され、取り逃がした。番頭は病院で二時間後に出血多量で死亡した。

二年後の昭和十年八月、犯人は弘前で逮捕され、翌十一年、盛岡地方裁判所で死刑の求刑を受け、盛岡刑務所に収監中、六月十八日未明、脱獄、逃亡した。五日後、雫石《しずくいし》の共同墓地でお供えの食べものをあさっているところを怪しんだ墓参の村人が警察に通報し、駆けつけた警官に逮捕された。その際、犯人は警官の左二の腕に噛みついたので、肉片がちぎれた。

逮捕の一報は号外で知らされ、盛岡刑務所の前には数百人の野次馬が集まった。

脱獄の手口は次のようなものだった。

房内で拾った二寸五分釘を、花壇作業用のスコップの破片にはめこんで錐のようなものを作り、それで監房錠を取り付けてある柱に内側から無数の穴を開け、錠の裏面の蓋金をはずして開錠した。この作業と並行して、風呂の手桶のたがをはずして細工し、舎房と非常門の合鍵を作った。これらの準備に四十日間を要した。脱獄の機会は、真夜中の看守の交代時間で、この交代には十分間の巡回の空白が生じることを一ヵ月、看守の足音を数えて発見した。五メートルある垂直のコンクリート塀は、助走をつけて斜めに三メートル駆けのぼり、跳躍して天辺に取り付き、向こう側へとびおりた。

八月、盛岡地裁で、準強盗殺人と逃走の罪で無期懲役の判決が下った。被告は、番頭殺害は正当防衛だと主張して控訴した。十一月、宮城控訴院で控訴棄却、無期懲役が確定し、身柄は盛岡刑務所から宮城刑務所に移監された。

名を椿早苗という。昭和十五年四月、再び脱獄を企てるおそれありとして刑務所当局は、彼を厳しい監視体制の整った東京・小菅刑務所に移送し、独居房に収容した。

昭和十六年十一月、「戦時罪囚移送令」によって青森刑務所に疎開移送された。青森では銅板張りの狭い特別鎮静房が待っていた。独房で、かつ手錠をかけたままの収監である。

昭和十七年五月十六日、深更、彼は脱獄した。青森県警は全国に非常手配を発して、捜査を開始したが、行方は杳としてつかめなかった。

三ヵ月後、椿早苗は突然、東京・小菅刑務所に現われ、その場でおとなしく逮捕された。青森から徒歩で上京したのである。上京してみたかった、知っているところはここしかないからな、と語った。

翌十八年三月、東京区裁判所は逃走罪で懲役三年の判決を下し、椿は無期懲役の上に三年の有期刑を科せられることになった。

厳重な青森刑務所の鎮静房をどのようにして脱獄したのか。

鎮静房は間口二メートル、奥行二・五メートル、高さ三メートルの長方形で、床と壁はコンクリートで固め、さらに壁全面には銅板を張ってあった。鉄製の扉には外からしか覗けない視察窓が付いている。天窓は小さく、部厚いガラスに金網を埋め込み、光はそこからしか差し込まなかった。

合鍵で錠を開けることも、床を切って床下に潜ってトンネルを掘ることも不可能だった。椿は、銅板張りの垂直の壁をヤモリのように伝いのぼり、天窓を頭突きで壊して、屋根に飛び移った。彼は、手足の裏の皮膚を自由に伸縮させて吸盤のように使うことができた。

あとにはきれいにはずされた手錠が左右きちんと揃えて房のまんなかに残された。

判決後、椿早苗はただちに網走刑務所に移送された。三十六歳になっていた。網走刑務所はさいはての流刑地である。アバシリはアイヌ語、チパシリに由来する。「われらが見つけた土地」の意である。刑務所の創設は明治二十三年（一八九〇）で、椿早苗が移送される昭和十八年まで、脱獄事件は一例もない。

椿早苗は厳重隔離された。体は革バンドで縛られ、太い鎖でつながった手錠と足錠をかけられた。鎖の重さは二十キロあった。

彼は叫んだ。

「こんな狭いところにいられるか。しかもこんな酷い目に合わせやがって。おれは必らず破ってみせるぞ。塀の内側ではおまえらは主人だが、塀の外に出れば、たとえ殺されてもおれは自由だ。自由が勝ちだ」

眼光は鋭く、やがて鬼火のように燃え上がった。看守は思わずあとじさった。

彼は毎日、監視の目をかいくぐって手錠と手錠をぶつかり合わせ、ナットを歯で噛み減らしていった。これを半年間つづけた。手首は傷つき、化膿して蛆がわいた。歯が四本折れたが、ついにナットはゆるんだ。

房扉についている鉄枠の視察窓は床から一・四メートルの高さで、縦二十センチ、横四十センチの大きさで、五本の鉄棒が縦に嵌められている。椿は毎朝晩、鉄枠の隙間に口に含んだ味噌汁を垂らしつづけた。半年たつと、汁の塩分で鉄枠のボルトが腐蝕して浮きはじめた。それを手で力をこめて二ヵ月間、数十万回揺すりつづけた。

昭和十九年八月十五日、大暴風雨の夜、手錠をはずした椿は囚衣を脱ぎ、赤い褌ひとつになって、視察窓の鉄枠を抜き取り、自分の両肩の関節もはずすと、頭を縦二十センチ、横四十センチの四角い穴にねじ込んだ。全身をまっすぐに伸ばして、爪先で床を蹴ると、すっと抜けた。頭から落ちそうになったが、寸前で猫のように体をくねらせて、両手両足で着地した。肩の関節を入れ直すと、監房の横桟を伝って天井にのぼり、採光窓の金網張りのガラスを手でたたき割って屋根に出た。五メートルの外塀は、斜めに駆けのぼって、難なく構外に脱出した。

網走湖畔の湿地の茂みに身を隠し、遠くできこえる白サギの叫びを追うようにして北上し、サロマ湖の漁師小屋にしのび込んでズボンとシャツを盗んだ。一度も追手と遭遇しなかった。湧別《ゆうべつ》川をさかのぼって、支流の岩窟にひそみ、山菜や沢の岩かげにいる魚や蟹を捕って食べた。戦争中でも、旭川には道内の物産が豊富に集まってくると聞いていたから、とにかく旭川まで行こうと決め、道を急いだ。遠軽《えんがる》まで川ぞいに進み、石北線沿いに走るように北見峠を越えた。

脱獄から三日目の夜、遠くに旭川市街の灯をみとめた。夜の底にまるで星空のように沈んでいた。彼はホッと息をついて、線路脇の保線小屋で眠った。

板の隙間から朝日が格子状に差し込んだ。はね起きた。大雪《だいせつ》の山々が眩しくかがやいた。手配が回っているだろうから、旭川のまちにいきなり入ってゆくのを避け、遠巻きに近づいていった。夜九時頃、神楽《かぐら》の集落のはずれを歩いていた。満月近くの月光に照らされた小高い丘を巻く明るい細道があり、椿は念仏のようなものを唱えながらのぼっていった。一面、ジャガイモ畑である。丘の頂上で道はふたまたに分かれていて、ためらうことなく左へ曲った。おれはいつだって左手《ゆんで》さ、とつぶやいた。逃げるは左手、左手が勝ちさ。

ジャガイモ畑の作道を歩いていると、向こうからのぼってきた二人の男に呼び止められた。ひとりは木刀を持っている。最近、出没する野荒しを警戒中の農民で、彼をジャガイモ泥棒とみて、両腕をつかまえ、交番へ連行しようとした。

椿は観念したように一瞬、全身の力を抜く。と、二人の男もつられて、つかんでいた手の力をゆるめた。その隙をついて、椿は途中、拾って懐にひそめていたマキリと呼ばれる短刀を抜き、左手《ゆんで》にいる若い方の男の脇腹を刺した。男は白サギの鳴く声のような叫びを上げた。

椿は逃げたが、翌日、旭川市神居《かむい》の沢付近をうろついているところを巡回中の警官に逮捕された。彼が刺した男は、その翌日死亡した。

椿早苗の身柄は旭川署から札幌の大通り拘置所に移され、殺人、窃盗、加重逃走罪で起訴された。昭和十九年十二月、札幌地裁で死刑判決が下って、札幌刑務所に収監された。

昭和二十年八月十五日、椿は札幌刑務所で日本の全面降伏を知った。

二十二年三月三十一日、彼は札幌刑務所を脱獄した。四回目の脱獄である。

今回は、床板を切って床下にもぐり、モグラのように掘り進んで房舎の外に出た。三日間、手稲《ていね》山中に潜んでいたが、山からおりてきたところ、琴似《ことに》町の煙草屋の前で警官の職務質問を受けた。

「買い出しかね」

「はい」

「ちょっと来てくれないか」

はい、といって歩き出したが、煙草屋のほうをふり返って、

「すみません、旦那。煙草を一本、いただけませんか」

若い警官はポケットから一本取り出し、火をつけてやった。椿早苗は一服、二服、三服と立てつづけに吸うと、どこか遠いところを見る目つきになって、

「わたしは、脱獄犯椿早苗です。お縄を頂戴いたします」

といった。

警官は驚き、うろたえた。

「ほんとうにおまえは椿早苗か」

「まちがいありません」

同年五月、札幌高等裁判所は、神楽での殺人を傷害致死と裁定し、加重逃走罪と併せて、再び死刑判決を下した。椿は上告せず、十二月十五日、絞首刑が執行された。

目隠しをされ、首に縄がかかったとき、椿早苗のまぶたの裏に、ふっとあの神楽の丘のふた

また道が浮かんだ。

そうか、あれを右手《めて》に行ってもよかったんだ、という考えが、崖から石が転がるように脳中に落ちてきた。……そうすれば、あの百姓を殺さずにすんだ。そうすれば……

2

「ああァーッ、双葉山は松ノ里に負けたんだって。三十七連勝ならず、だったねえ」

日当りのいい母屋の縁先に正座して、二本の毛糸針をゆっくり巧みに操りながら鼻メガネの婆《ばば》サマがいうと、

「あんた、そりゃ六十九連勝のまちがいでねえすか」

と外から来て、同じ縁先にちょこんと腰かけて、親指一本で鼻緒にひっかけた下駄を、地面すれすれにぶらぶらさせながら、婆《ばっ》チャマが反問した。

「あなた、六十九連勝は五年前の春場所ですよ。わたしのいうのは今年の春場所のことですよ」

「そんだって、半年も前《めえ》のことでねえすか。どちらにしても、双葉山は強いでのう」

「婆チャマよ、双葉山の七十連勝をはばんだのはだれじゃ？」

「樺《かんば》の婆サマよ、馬鹿にすんでねえですよ。安芸ノ海にきまっておるがな」

家の庭に大きな楡《にれ》の木のある婆チャマは、毎日、お八《や》つどきに丘の道をのぼって、広い庭に白樺の木立のある婆サマをたずねて、お茶一杯で小一時間、無駄話をして帰ってゆく。

「話かわるが、婆サマよ。旭川にスタちゃん一家がやってきたときのことはおぼえていなさるかいの？」

「おぼえております、おりますさ。もう二十年も昔になりますよ。まっ白い、美しい少年やった。大っきいのがタマにキズ。パパさんが、ラッシャー、ラッシャー、あったかいラッシャーだよォーッ、てね。旭川のまちを羅紗の行商しておられた。でも、あんな事件を起こしてね。でも、スタちゃんはすごい選手になりなさった。旭川の誇りですよ」

「でもねえ、そのスタちゃん、捕まって、他の外国人といっしょにどこか狭いところに閉じ込められたというでねえか」

「いいことはありませんねえ。悲しいことばっかり。矢追さんちのご長男は中支で戦死なすったというしねえ」

土塀をこえて風が吹き込んで、白樺の木立をゆっくりと揺らした。木の一本一本が自分を中心にして渦巻くようにそよいだ。

婆サマはメガネを外すと、風を嗅ぐように鼻を突き出し、風に頬をなぶらせた。

「ジャガイモ畑からの風ですのう。ジャガイモの葉っぱのにおいがします。だけど、これもやがて木枯しに変わってしまう。あっというまに、木という木の葉の色が、黄色や茶色や赤や灰色に変わってゆく。それらがとめどのう舞い落ちる。木枯しが吹いて吹いて、吹きまくる。やりきれませんのう。熱を吸い取られ、力を抜かれるようで、だんだんだんだんさびしうなる。さすればすぐに雪が降ってくる」

遠い大雪《だいせつ》のほうをみやった。まだ雪はない。納屋では乳牛が飼葉をはみながらのんきそうな鳴き声を上げている。楡の婆チャマが縁先をにじり寄って婆サマに近づき、柱を抱え込むようにして、

「親戚が美瑛《びえい》におるだ。もうだいぶん前《せん》のことになりまするが、そこの六歳になる息子がのう、ある日、いきなりマッチで出窓のカーテンに火を放ちよりました。外はもう木の葉ちゅう木の葉が、婆サマがいわっしゃるように舞うて舞うて、木枯しが吹きすさんでおったそうじゃ。それを向こうの婆チャマが……、あの人はわしの姉サマなんじゃが、その婆チャマがみつけて、めらめらと燃えあがったカーテンさのできるかぎりのてっぺんまでとびついて、引きちぎり引きちぎり、抱えこみ、畳の上に押さえこんで、消し止めた。まっ黒で小さくちぢこまった燃えがらを抱きしめておったげな。大事にいたらずにすんだが、婆チャマの髪は焦げ、胸のやけどはとうとう死ぬるまで消えなんだ。そのあいだ、その子はぼんやり立っていたそうな。大人しい、賢い子やったに、なんでそんなことしたんか、だれにも、あの子本人にもわけが分からん

ことでありました。そののち、その子は北大に入ったが、ついこないだ学徒動員で取られての、南方へ送られた。はァッ、もう生きて帰ってはこられんでしょう」

「わたしにはその子の気持、よう分かるわ」

「なしてですか？」

「わたしも、火、放ちたいもんね。木枯しが吹くとね、きちがいみたいに木の葉が舞って、まるで宇宙が木の葉でできてるみたいで、なんでか悲しゅうて、ぜんぶ焚火にしてしまいとうなるんです」

「焚火とな？」

「はい、焚火です。……だけど、もうすぐだね。あの十勝岳にも旭岳にも雪降り積むのは」

そのとき、塀の外で自転車のベルの音がひびいて、婆サマと婆チャマは仲良く門のほうをふり向いた。長い塀にそって、車輪が小砂利をはじく音が伝ってゆく。

「ありゃ駐在さんの自転車だな」

楡の婆チャマがいった。

「はい。こっちに来なさるみたいだわ」

婆サマが言いおわらないうちに、コンクリートの長柱を両側に立てた門の前に警官が現われ、自転車のブレーキをきしらせて停まると、サドルにまたがったまま両足を地面につけた姿勢で、

「いい天気ですなあ。婆サマ、ちょっとお邪魔ばいたしますだで、よきかな？」

「よき、よき」

警官は、スタンドは跳ね上げたまま自転車を門柱に預けると、制帽をあみだにして、ひたいの汗を手拭いでぬぐいながら入ってきた。牛が大きな声で鳴いた。警官は足を止め、その声に耳を傾け、それから何度もうなずいて婆サマの前に立ち、長靴《ちょうか》の踵をカチッと合わせ、敬礼した。婆サマも敬礼した。

「ほんに、駐在さんの敬礼はいつもきれいでありますよ」

と婆サマはいった。

「婆サマ、きょうはちょっとただの巡回ではないんだば……」

そういいながら、ちらと楡の婆チャマのほうに視線を投げた。婆チャマはあわてて腰を上げ、

「ああ、知らぬまに日は神居山。洗濯物、取り込まねば。ごちそうさんでした」

湯呑茶碗を両手で拝むように持ち上げ、そっとお盆の上に置いた。

「そいじゃ、またあした、おいでなさいなァ」

婆サマはやさしげに声をかけ、婆チャマを見送った。

「駐在さん、どうぞお掛け下さりませ。おざぶはありませぬが」

「いえ、本官はこのままで」

と警官は婆サマより二メートルほどの距離で、ちょうど踏石とアザミのひと叢《むら》のあいだに立った。婆サマは、警官を駐在さんと呼んだり、沼田さん、時には本官さんと呼んだりする。沼

田巡査は、四年前、岩手から北海道へ移ってきた。旭川署内神楽駐在所勤務は二年前からである。

「いよいよ、秋風ぞ立ちまするな」

と婆サマが再び風に頬をなぶらせながら、風を話題にしたが、沼田巡査はきょとんとした表情のままだった。

「先生はまだ学校からお帰りではないですか」

「はい。それがきょうは学校ではないんです。今朝から大日本教育報国会の集まりで札幌へ出かけておって。嫁も大日本婦人会の大会がやはり札幌でありまして、夫婦そろって留守で、今夜は帰りません。……本官さん、何かあったんでしょうか。ご用向きをおたずねいたします」

沼田が一歩婆サマへ近づくと、婆サマも縁先でいざり寄る。

「おたくの百合ちゃんは、いま在宅でありますか」

と母屋の奥のほうへ視線を投げる。婆サマはけげんな表情を浮かべた。

「百合子はきのうから室蘭ですよ。ご存知ではなかったですか。旭川高女の女子勤労挺身隊で、室蘭の製鉄所へ行きましたですよ」

「そうか。そんならえーけんども」

「何か孫のことであるんでしょうか。百合はいい娘で、これまで心配かけたこと一度もありません」

婆サマは少しご機嫌斜めである。

「そりゃ、そんだ。あんな頭のよい、心根のよいめのこはめったにおらんと本官は思うとります」

といって、沼田巡査はもう一度、踵を鳴らして敬礼した。

「……じつは、おとといのことすが、脱獄王がまたやったんですよ。脱獄王のことは新聞やらでよう知っとるでしょう」

婆サマの小さな目がきらりと光った。首を縁先から沼田のほうへうんと突き出して、

「あのチパシリから逃げたというんですか。いったいそんなことができるのでしょうか」

「はあ……、うん、これまで一度として破られたことのないあの網走刑務所から逃げたんです」

「椿早苗と申すかの。ハァーッ、きれいな名前……」

「女みてえな名だべや。そいつはどうやら女みてえな名前ばかりか、手足に吸盤みてえのがついてるらしい。それに体中の関節をはずすこともできる。力も滅法強い。歯は獣の牙みたいなもんだべ」

沼田は自分の左二の腕を撫でた。

「どのようにして脱け出したんでしょうかね」

婆サマの目に夕日がまぶしく反射している。

「なんでも、赤褌ひとつになって、小さな視察窓から忍術みてえに抜け出したというでねえか」

婆サマは目を軽く閉じてうなずくと、両手の親指と人さし指で小さな四角い枠をつくった。

「どのくらいの大きさでしょうかね。これくれえか？」

「さあ、どうだか。本官も視察窓というものを検分したことはないが、とっても人間が抜け出せるようなもんではないと言われておりまするな」

「まだ捕まらんのですか」

沼田は首を振ると、ひたいを曇らせ、急に声を落した。

「全道に非常警戒線を敷いて、必死に捜しておりまするが、足取りもまるっきりつかめない」

沼田は言葉を切って、もの思わしげな視線をあたりに投げかけた。

「……ひょっとしたら、脱獄犯がここへ来るかもしれんのです」

婆サマは縁先で、正座したまま数センチとび上がった。

「警察は、椿早苗が立ち寄りそうなところをしらみつぶしに当っているところで、本官がいま、婆サマ、お宅にうかがっておりまするのは……」

「本官さんがおみえになったのは？」

「百合ちゃんが脱獄王とどうやら文通しておったらしい。他にも全国から手紙や慰問袋が来よったらしいが、百合ちゃんの手紙がいちばん多かったというんじゃ。それが、じつに妙筆らしい」

婆サマは目をみはった。大きなため息をつくと、肩がなくなったように落ちた。

「百合子をたずねて来るかもしれないというのですね。あァー……、戦地の兵隊さんにならいざしらず、何を思って脱獄囚などに文《ふみ》を書くか。それも一再ならず……」

婆サマは絣《かすり》のたもとで目頭をぬぐった。

「天皇陛下に何とおわびしようか。百合子は非国民です。親がふたりとも教師の身でありながら……、何という情ない。長生きはするもんでない」

「婆サマ、そう厳しく叱らんでやって下さい。いまは百合ちゃんも勤労動員でお国のために働いておるのですから」

沼田巡査は婆サマの肩に左手を差しのべた。そのとき、婆サマは目ざとく、彼の二の腕の内側が小さく削ぎ取られたようにくぼんでいるのに気づいた。

この傷は、と沼田はいった。

「本官が岩手の雫石というところに勤務しておったころ、脱獄犯を逮捕しようとして、くいちぎられたんじゃ。だから、因縁というかの。できればこの手であいつを捕えたいもんじゃ」

婆サマはしたりとうなずく。沼田はつづける。

「今夜は先生も奥さんも札幌泊りか。まさかとは思うが、そのまさかが起きるのが世の中だ。婆サマよ、戸締りを充分してな。本官も駐在所で寝ずの番でおるし、一時間おきに見回るからの」

沼田巡査はやはり婆サマがほれぼれするほどのきれいな敬礼をした。挙手は右手だが、左二の腕の裏側に、脱獄犯にくいちぎられた傷跡があると思うと、よけいそれが美しく、尊いものにみえた。

沼田は門柱から自転車を引きはがし、自転車にものをたずねるか、話しかけるかするような調子で自転車に寄り添って歩き、やがてペダルに左足をのせると、さっと右脚を高く回してサドルにまたがった。チリンチリンと勢いよくベルの音を土塀の外側ぞいにひびかせながら、婆サマの屋敷をもう見回りはじめたかのようにぐるりと一周して遠ざかり、消えていった。

婆サマはじっと耳を傾け、何か思案しているふうだったが、立ち上がると、庭におり、門の外に出て、さきほどの駐在のベルの音を追いかけて、母屋や納屋を取り囲む土塀ぞいの小道をたどりはじめた。何やらぶつぶつつつぶやく。つぶやきは婆サマの考えごとそのものである。

……脱獄王がかりにこの家に向かっているとして、目的は百合子に会うことだが、彼は、いまここに百合子はいず、わたしひとりしかいないことを知らない。それに、この家には、百合子ひとりしかいないなどとも考えていないだろう。百合子以外に、百合子の家族がいるはずだ、と思うのは当然だ。家族とは、百合子の両親、兄弟姉妹、他に祖父母など少なくとも五、六人はひとつ家《や》にいる。そんなところへ玄関から、百合子に会わせてくれとたずねて来るはずはない。

来るとすれば、百合子ひとりに会いに来る。どうやって忍んで来るだろうか。

婆サマはつぶやきながら塀の外側をめぐり終えた。ふと見上げると、大雪のほうに雲が湧いて、連山は灰色一色に隠れてしまっていた。

おお、ヌタㇷ゚カウㇱペ、と婆サマは大雪山に向かって、アイヌ語で呼びかけた。

日はすっかり傾き、冷たい風が頬に打ちつける。婆サマは牛に飼葉をやった。納屋は放っておいてもよい。脱獄王は牛に会いに来るのでなく、百合子に会いに来るのだから。だが、ほんとうに来るのだろうか。

北海道の家は内地と違って開口部が極端に少ないから、戸締りにさほど苦労しない。それに、ふだんだって門も玄関も勝手口も窓も錠などおろしたことがない。しかし、今夜は違う。婆サマは入念に点検して、内側から掛けるべき貫木《かんぬき》、錠を整え、雨戸の枢《くるる》をしっかり落した。

沼田巡査は一時間おきに見回ってくれるといったが、その一時間の空白で何かあやしい気配がしたら、すぐ電話を掛けよう。神楽地区で電話を持っている二軒のひとつが婆サマだった。

すっかり夜になった。ソ連軍が攻めて来るかもしれないという噂だった。その前に、脱獄王が来る。灯火管制は厳しく、電灯には黒い蔽いをかけなければならない。だが、今夜は婆サマの家には婆サマひとりしかいないから、納戸部屋の灯りだけが点された。婆サマ専用部屋で、大きな母屋の数ある部屋の中でいちばん奥まったところに位置し、窓はないから気兼なく、耿々《こうこう》とした灯りの下で過ごせる。

婆サマはさっきから座机の前に正座して、一心に考え込んでいた。さすが食事を摂る気にはなれなかった。

立ち上がった。懐中電灯を持って、もう一度庭に出て、母屋の回りを一周する。裏手に来ると、大きな八ッ手《やつで》が数本植わった便所のそばで立ち止まった。溝から引いた手水鉢の水が溢れてせせらぎの音をたてている。婆サマの小用が近いことから、便所の豆電球は夜じゅう点けっ放しにする。八ッ手の葉っぱがそのあるかなきかの明りを外から隠してくれる。

便所には通常の窓がなく、床に掃出し窓だけがあった。竹格子と小障子を嵌めてある。それがぼんやりと中の豆電球に照らされていた。

婆サマは掃出し窓に目を留めた。近づき、かがみ込んで、じっとみつめ、検分する。両手の親指と人さし指で枠をつくる。

うなずき、ここから入って来るべえ、とつぶやいた。

3

満月に近い月光に照らされて、小高い丘を巻く道を、男は法華経を唱えながらのぼって行った。あたり一面、ジャガイモ畑である。丘の頂上で道はふたまたに分かれていて、男はためらうことなく右に曲がった。このことは、すでに何者かによって決定されていて、ただ無意識に従うかのごとく、男は右に曲った。

だが、曲り切ったとたん、おや、こんなことが以前にもあったぞ、とつぶやいた。はるかな昔、あるいは夢の中で、これとそっくりな光景の中にいて、ふたまたの道があって、おれは左に曲がった……

男はふり返った。すると、反対方向へと歩いてゆく自分の背中がみえた。その映像はすぐ煙のように消え去った。

しばらく行くと、ジャガイモ畑の中に瓜の植わった一角があった。月の光をあびて、黄色い大きな瓜がいくつも、うまそうに輝いている。

そのとき、背後で人の気配がした。あわてて瓜畑の脇の溝の中にとび込み、体を縮めた。丘の向こうから二人の農夫がのぼってくる。ひとりは木刀を持っている。ふたまた道にたどり着くと、さきほど男がのぼって来た道へ曲がって、反対側へと丘を下り、やがてみえなくなった。

男はふっと息を吐き、溝からとび出すと、もう一度瓜畑を見渡した。充分に熟れていそうな瓜を蔓から引きちぎって、掌にのせる。ずしりとくる重たさだ。果物をまるごとこんなふうに手にし、ながめるなんて絶えてなかったことだ。瓜の芯から、ベーゴマが回転するようなブーンというなりがひびき、ふしぎなあたたかさがじんわりと伝わってきた。

……この瓜をじっくり味わって飢えをしずめて、それから女の子に会いに行こう。会ってどうするかは分からない。ただ無性に会ってみたいのだ。

住所は正確にそらんじていた。たしかここから余り遠くないはずだ。

男は夜空を見上げて、時間をはかった。もう少し待とう。あの大きな星が山の端すれすれになるまで。

瓜を二個むさぼり食った。彼は動きだした。

家は灯りもなく静まり返っていた。柏木という門札をたしかめ、長い土塀を一周する。土塀を乗り越え、庭にとびおり、いったん白樺の林の中にひそんでうかがう。耳のすぐそばで無数の葉っぱがさらさらと鳴る。

忍び足で母屋のまわりを歩く。案外しっかり戸締りをしているようすだ。彼にとって、この家の雨戸をはずしたり、ガラス窓を音もなく破るのは朝飯前だが、百合子に対してそんな荒っぽいまねはできない。

検閲であちこち墨で塗りつぶされた手紙だけれど、脱獄王へのあふれるような讃嘆の念がはっきりと伝わってきて、彼をうれしがらせ、勇気づけた。それはまた言外に、次の脱獄をそそのかしているかのようにみえた。

——明治二十三年の発祥以来、五十年以上、一度も破られたことのない要塞のような監獄、網走刑務所を破ってこそ、あなたは真の脱獄王の名にふさわしくなるのです。

　くろぐろと塗りつぶされた墨の下からそんなささやきが聞こえた。

　男は八ッ手の茂みの前で立ち止まった。掃出し窓からほのかな光がもれている。彼は身をかがめ、窓を目測した。視察窓とほぼ同じ大きさだ。

　竹格子と障子は、音もなく、難なくはずれた。ズボンとシャツを脱ぎ、赤褌ひとつになると、肩の両関節をはずし、頭を横にして掃出し窓に突っ込む。錐もみするように上半身をねじりながら、まっすぐ伸ばした足で地面を蹴る。するりと入った。

　目の前に、にょっきりと陶製の便器がある。くろぐろと深い穴が開いていて、強烈な臭気が立ちのぼってくる。

　男はすばやく関節を入れると、扉を開けようとした。簡単に開くものと思っていた。だが押しても引いても動かない。渾身の力をこめても、外から貫木《かんぬき》が掛かっているかのようにびくともしない。体当りするか蹴破ればわけもないだろうが、ここは百合子の家である。そんなことすれば、いったい何のために苦労してここまでたずねてきたのか、分からなくなる。乱暴な賊としてでなく、巧みな手口を駆使して獄吏や官憲を嘲弄する不屈の脱獄王として、彼女の前に立たなければならない。

　男は天を仰いだ。低い狭い天井には蜘蛛の巣がびっしり張っている。諦めるしかなかった。男は再び肩の関節をはずして、頭を掃出し窓に差し入れた。

しかし、便所はあまりに狭くて、体をまっすぐに伸ばせない。どうしても海老反りの姿勢になってしまう。海老反りでは脱け出せない。独房といえども、百合子の便所の倍の広さはあった。

男は必死で体をまっすぐに伸ばそうとして、のた打ち回る。体中の関節をはずしても、出られない。全身をぴんとまっすぐにできなければ、自分の穴抜けの術は使えないのだと彼はいまはじめてさとった。

青森刑務所の銅板張り鎮静房からも、日本一厳重な網走刑務所四舎二十四房からさえ、信じられないほどの胆力と知謀で脱け出すことのできた彼が、民家の便所に閉じ込められて、出ることができない。身動きができない。

彼ははじめて恐怖にかられた。屈辱と絶望を知った。

だが、諦めるわけにはゆかない。死にもの狂いで反対側の壁を蹴り、蹴り破り、どうにか体を伸ばそうとする。大きな音が立つ。くねらせ、回転させ、掃出し窓の土壁を食い破り、ようやく体の三分の一が八ッ手の葉っぱの中に出た。

そのとき、まるい光が八ッ手の葉を青々と照らし出した。驚いて見上げると、老婆がひとり、懐中電灯を持って立っていた。

翌日、婆サマ宅は見物客でごった返した。新聞はもちろん、神楽地区だけでなく、旭川のまちや美瑛からも押しかけた。脱獄王が雪隠《せっちん》詰めにあった便所の前には多くの人だかりがして、八ッ手は踏み倒されてみるかげもなかった。

「沼田巡査は大手柄をたてて、金一封もらえるんでねえか」

と声があがった。

それにしても婆サマひとりで、よくあんな太い角材を扉にたすきに打ちつけられたものだ、とだれもが感心した。

婆サマは一度、玄関先に出てきて、

「よかった、よかった、これでよかった」

といっただけで、詳しいことは何も話さないまま納戸部屋に引っ込んで、それきり二度とみんなの前には姿を現わさなかった。昼過ぎ、百合子の両親が札幌から帰ってきて、人だかりにびっくりしたが、事情を聞いてさらに驚いた。婆サマは息子夫婦にも何も詳しいことを話さず、やはり、よかった、よかったとくり返すばかりだった。婆サマは、ひそかに脱獄王をあわれに思う気持を抱いていたからだ。

しかし、その気持の奥に、彼女しか知らないもうひとつの事情があった。

集まった人たちも三々五々散ってゆき、いつもの静かな柏木家にもどった。

そして、数日後、夜、婆サマは納戸部屋で書き物机に向かっていた。まず封筒に表書きをする。

「網走町能取《のとろ》字最寄《もよろ》……」

とすらすらと何も見ずに書く。

「チパシリ　ノトロ　あざ　モヨロ……」

とかわいい、うたうような声で誦む。そして、名前とつづく。椿早苗様。妙筆である。

便箋をひろげる。筆に墨をたっぷり含ませて、

「折角、脱獄なされたのに誠にお気の毒なことでした」

それから、

「きっと日本はアメリカに負けます。あなたさまは自由になります。あなたの勝ちです」

と書いて、それの上に太くくろぐろと線を引いて消す。

「わたしは、明日から勤労動員で室蘭へ参ります。今後はお便りもまゝならないかも知れません。どうか御身御大切に。かしこ」

そして、婆サマはいつものように、百合子より、と書く。


同じ夜、男はあらたに入れられた特別懲治監房で、うしろ手錠をかけられたまま、じっと正座をつづけていた。時折、雪隠詰めの夜の恐怖を思い出して、ひたいに脂汗をかき、ここのほうがよっぽどましかもしれん、とつぶやいた。

あらためて独房の中を見わたした。ゆっくり右をみて、左をみて……

右手《めて》に行けば………

左手《ゆんで》に行けば………

突然、足もとの板が開いた。閃光が走った。いっさいがめらめらっと燃え上がった。鋭い、激しい衝撃が、関節という関節をばらばらに打ち砕いた。

首の折れた男の体は、ぶら下がって、右手《めて》に、左手《ゆんで》に、ゆっくり揺れていた。

※地名アイヌ由来小辞典

サロマ「サラオマペツ」＝カヤのあるところの川
湧《ゆう》別《べつ》「ユペオツ」＝サメ
遠《えん》軽《がる》「エンガルシュペ」＝眺望するところ
神《か》楽《ぐら》「ヘッチェウシ」＝祭場
神《かむ》居《い》「カムイ」＝神
旭川「チュプペツ（忠別川）」＝朝日の出る東の川
札幌「サットポロ」＝乾燥した広大な地
手《て》稲《いね》「テイネイ」＝山霧多く湿潤
琴《こと》似《に》「コツウンニイ」＝住居の跡があるところ
美《び》瑛《えい》「ピイエペツ」＝油の川、濁った川
能《の》取《とろ》「ノッオㇿ」＝岬のあるところ
最《も》寄《よろ》「モヨロ」＝湾の中
大雪山「ヌタㇷ゚カウㇱペ」＝地の上にいつもいる者

『コンサイス日本地名事典』（三省堂）他

虫王

趙《ちょう》参将は戸口にもたれ、雨に濡れている草茫々の地面をながめている。細い絹糸のような雨がやや西からの微風を受けて左にかしぎながら降る中を、一匹のシオカラトンボが飛んでいる。参将の視線はその動きにどこまでもついてゆこうとする。

退屈は眠りの中の夢みたいなものじゃ、と参将はつぶやく。昼の生活に退屈な時間がなければ、人間はいったいいつものを考えるんだ？

だが、彼がいま、ものを考えているかというと、何も考えていないのではないだろうか？ただ待っている。……待つというのも考えるということなのじゃ、と彼は答える。

雲南に蒙塵《もうじん》した南明《なんみん》朝の皇帝が反攻ののろしを上げるのをひたすら待っている。馬の蹄が響くたびに、もしや密使では、と胸をときめかせ、固唾をのんで戸口にたたずむ。だが、馬はいつも崩れた土塀のむこうを駆け去ってゆく。

背後の土間で、妻の春玉《しゅんぎょく》が米を舂《つ》くわびしげな音がする。その音で、もう米櫃も底をつきそうなのが分かる。何とか使者が来るまでこの貧乏をしのぎ、打開する方法はないものだろうか。

「お茶でも淹れようか」

と妻をふり返った。土間の中では、妻の顔もただほの白く、ぼんやりみえるだけである。

「もうお茶っぱもありませんよ」

声だけは明瞭に聞こえた。

「そうか、じゃあ、さ湯でも飲むか」

竈《かまど》のほうへ行きかけると、彼の足音を合図に蟋蟀《コオロギ》の鳴き声がいっせいに上がった。

「やつらも腹をすかせてるんだな」

壁ぎわに二段の棚があり、二十個の小さな素焼きの壺が並んでいる。コオロギはその中に一匹ずつ入っていて、翅をこすり合わせているのだ。鳴くのはみな雄である。雌は鳴かない。

「あなた、もうコオロギはもとのお墓に放《はな》ってやりなさい。食べさせるご飯つぶもありませんよ」

「いや、もうすぐ闘蟋《とうしつ》がはじまる。万が一、虫王にでもなってごらん、どれほどたんまり銀《かね》が入ってくるかもしれないんだ。賭金の二割が虫主のものになるんだからね」

しかし、趙の声にはあまり力がない。なにしろ、雄のコオロギを闘わせて興じる闘蟋の歴史千年の中で、参将のコオロギ飼育歴はまだ二年わずかで、正式の闘蟋場への出場の経験は一度もないし、近所の練習試合ですら一度も勝ったことがない。だが、今年の秋はひょっとすると……、と思えるほどの逸物を郊外の墓地で捕えてきた。死んだ娘の土饅頭のすぐそばの草むらだ。

闘蟋のバイブルといわれる賈似道《かじどう》の『促織経《そくしょくきょう》』をボロボロになるまで読んで、研鑽も積んだ。賈似道は南宋の宰相で、稀代の蟋蟀迷《コオロギマニア》だった。コオロギ宰相と呼ばれた。だが趙参将は若い頃から自他ともに許すコオロギ嫌いで通ってきた。闘蟋こそ玩物喪志のさいたるものではないか。

それに馬士英《ばしえい》のことがある。趙と同じ南京で福王に仕えていた男だが、賄賂と公金横領の常習犯で、福王に取り入って宰相までのぼりつめた。馬士英もまた蟋蟀迷で、ひまさえあれば五、六人の妾と闘蟋にうつつを抜かしていた。あいつが国を売ったのだ。同僚たちの多くが、ちっぽけなコオロギの闘いに夢中になっている中、おれは絶対にやらん、と宣言し、周りも趙洪の性格ならむべなるかなと納得した。

万暦四四年（一六一六）、韃靼のヌルハチが満州族のハンに即位して国号を大金（後金）とし、サルフの戦いで明・朝鮮軍を撃破した。その勢いは止まるところを知らず、ヌルハチが没すると、まるで美しいバトンリレーをみるように第八子ホンタイジが後継し——韃靼には長男継承の伝統はない——、朝鮮を手中にして、国号を大清と改めた。ホンタイジが没すると、その子フリンが即位した。これが一六四三年のことである。

韃靼・満州族が長城を越えて明国に侵攻するたびに、首都北京は戒厳状態におかれ、国内は動揺、荒廃してゆく。あちこちで内乱が勃発した。

一六四四年、西安に拠った李自成の軍が北京を陥れると、明の十七代皇帝毅宗は紫禁城の景山に自ら縊れて崩じた。

李自成は明朝を倒したものの闖《ちん》族にすぎず、政権は弱体で内紛をくり返し、フリンの軍にたちまち山海関を破られると、北京を放棄して敗走した。

すでに順治帝と称していたフリンは北京の主となり、順治と改元した。清朝のはじまりである。清支配の象徴として、まず漢族に対し、「薙髪令《ていはつ》」を発して、髪を剃り、弁髪にすることを強要した。しかし、これには反発が強く、いったん緩和する。

いっぽう南京では、明朝の皇子福王・朱由崧《しゅゆうすう》が立って弘光帝と称した。これが南明朝で、宰相として実権を握ったのがコオロギ宰相馬士英である。

福王の帷幕《いばく》に馬士英の専横を喜ばない者は多かったが、その最有力に史可法という将軍がいた。

史可法は、福王が南京に立つと北京から馳せ参じ、兵部《へいぶ》尚書に挙げられたが、佞奸《ねいかん》馬士英と対立して、揚州に出て、江北の四鎮を督鎮として統括した。趙洪は史可法の下にいて、参将として彼を補佐した。

趙は安徽合肥《あんきごうひ》の人、字《あざな》は真清《しんせい》、はじめ進士となり累進、武にもすぐれ、祥符（開封）の農民盗賊討伐のさいの手並みがあざやかだったことから史可法に取り立てられた。同僚に許謹がいた。史可法が揚州に移ると、許謹と共に同行した。

順治元年（一六四四）、清の軍は一気に南下してきた。その年の十一月、海州を落すと、南明の要衝揚州をうかがう。

史可法は、白洋河《はくようが》で清軍をくい止めようと奮戦したが、大砲をもってする圧倒的な敵に抗し切れず陥落した。翌年四月十日、よろめくようにして揚州に逃げ帰ると、城門を閉ざして敵を防ごうとした。

揚州のまちは周囲を城壁で囲まれている。幾日かつづいた城壁外での戦闘ののち、二十五日になって、清軍は怒濤のごとく揚州に攻め入った。大砲によって、あっというまに城門は破られ、大軍がなだれ込む。

清軍が、城を洗う、と称して殺戮と略奪の限りを尽くした四月二十五日から五月五日にかけての十日間のありさまは、王秀楚の実体験記録『揚州十日記《じゅうじつき》』に詳しい。

『揚州十日記』には、殺戮によって、火葬に付した死骸の数は、帳簿に記載された分だけでも八十万以上に達していた、とある。――井戸に落ちたり、河に身を投じたり、門を閉ざして焼け死んだり、首を縊って死んだ人はこの数に入っていない。掠われて行った者もこの数に入っていない。

王秀楚自身、妻子、兄弟嫂甥らと共に八人で城内を十日間逃げ回り、ようやく封刀令が出て殺人掠奪が熄《や》んだとき、生き残ったのは彼と妻子の三人きりだった。揚州の十歳以上の女はみな掠われていった。

話はすこしさかのぼる。趙洪は、史可法とその幕僚らと共に白洋河をすてて揚州防備についた。史可法みずから最前線に出て督戦したが、四月二十五日、総攻撃をかけてきた清軍についに城の西北角を破られた。数万の敵兵が城内になだれ込む。崩れた城壁のかげに潜んでいた史可法がいった。

「趙洪よ、許謹よ、もはやこれまで！」

剣を振り上げたかと思うとさっと横に倒し、みずからの首を刎ねた。

「老師《ラオシー》！」

と叫んで趙と許がとびつき、とっさに羽交い締めにしたので首は落ちなかった。鮮血が衣袂《いべい》にほとばしって、染める。

「止めるな。趙、わしの首を落とせ！」

と史は首をさしのべた。

「出来ませぬ！」

趙は許と二人で将軍を抱きかかえ、数十人の騎兵とともに城下に走り、敵の包囲を突破して逃れようと東城へ向かった。その途中、砲弾が許謹を直撃して、粉砕した。そこでまた史可法将軍は命じた。

「趙よ、早うわしの首を落とせ」

南京が陥ち、福王（弘光帝）は蒙塵し、馬士英は越《えつ》（浙江）に逃奔しようとしたが、紹興の郷紳王謔庵《おうぎゃくあん》が二度まで書を送って、激しくこれを非難した。

「それ越《えつ》は仇を報じ恥を雪《すす》ぐの国にして、垢《く》を蔵し汚《お》を納《い》るるの地にあらず」

さすがの馬士英も恥じて入ることを諦め、清に投降したが処刑された。

彼が逃奔のさい、嘉定《かてい》まで来て越に入れぬと分かったとき、携行したコオロギ一万匹を放った、と聞いた人々は各地から手網と籠を持って嘉定に押しかけた。その数は三十万といわれる。嘉定の豊かな田畑、野山は荒らされて、その年、嘉定の人々は食べるものがなくなり、餓死者は一万人にのぼった。

だが、馬士英のコオロギについては異説がある。南京を逃げ出すとき、一万匹のコオロギなど持ち出せるわけがなく、すべて清軍の官宦の手に渡り、その中から選りすぐりのコオロギが、早くもすっかり漢風の遊びに染まって闘蟋に夢中の順治帝に献上された……。

江北につづいて江南を平定すると、清朝政府は今度こそ本気で「薙髪令」を発した。

「この布告よりのち、京城（北京）の内外は十日以内に、直隷（帝国の直轄地）や各省の地方では、この布告が到着してから十日以内に、ことごとく髪を剃れ」

この勅令にもとづいて床屋は道具を天秤棒に担いで回り、手当り次第髪を剃った。弁髪だけはいやだと、にわかに寺に駆け込んで坊主頭になる者も少なくなかった。

揚州陥落後、杭州に落ちのびた参将趙洪は、太湖のほとりの周荘で、親戚たちとクリークづたいに逃げてきた妻と五歳の娘と生きてめぐりあうことができた。

趙が杭州の町はずれの陋屋に雌伏の時を過ごして五年がたった。彼は弁髪を拒否して束髪のままである。その間、はやり病いで娘を亡くした。漢族にはなかった病気で、韃靼が北から持ち込んだものだとのもっぱらのうわさで、亡国のうらみに加えて娘を奪った清に対する怨念は参将の体を焼き尽くさんばかりだった。しかし、福王からの使者はまだ来ない。風のたよりで、福王は雲南に入ったという。雲南は遠い。

ただひとつの朗報は、厦門《アモイ》を拠点とする倭寇の鄭成功が反清ののろしをあげ、南京をうかがっているらしいということだ。だが、これとて日本を根城にした海賊にすぎない。

趙は屈託を抱え、貧乏と無聊をかこちつづけ、たずきは妻の針仕事が支える。武具と二十両の銀《かね》は、一朝事ある時のために手をつけない。娘が韃靼のはやり病いにかかったときも、紅人参を買って服させればたすかったかもしれぬものを惜しんだ。このことで妻はいまも参将を許していない。

娘を郊外の共同墓地に葬った日、参将は妻の悲しみと怒りを怖れて、ひとり杭州のまちをさ迷ううち、官巷で虫の市に出くわした。ずらりと並んだ屋台の上にキリギリス、コオロギ、スズムシ、カンタン、クサヒバリなどが紙箱や小さな籠に一匹ずつ入れられて、鳴きしきっている。ひときわ人だかりの多い輪に近づくと、闘蟋のまっ最中だった。

赤い布を敷いた正方形の机に闘盆がおかれ、両側から虫主が自分のコオロギを落とすと戦闘がはじまる。茜草《せんそう》をあやつってコオロギの戦闘意欲をかきたてる。二匹はたちまちいらだち、牙をむいて、脚の爪を踏んばる。一方は黒っぽい頭で、一方は黄色っぽい。にらみあい、突進し、ぶつかっては離れる。また突進し、今度は牙と牙で嚙みあって四つに組むと、体ごと回転する。と、黒っぽいほうが飛ばされ、闘盆のへりに全身を打ちつけて長い脚をたたんで動かなくなった。一方、黄色い頭のほうは翅をこすりあわせ、鈴の転がるような鳴き声で勝鬨を上げた。勝ったほうの虫主と、黄色に賭けた客たちから歓声と拍手が起こる。

参将はいつのまにか我を忘れて見入っていたことに気がついた。まさに壺中の天じゃ、とつぶやきがもれた。この日から彼はコオロギに熱中しはじめた。コオロギを集め、用具を整え、飼育し、戦士を育成しはじめる。亡国と娘のうらみを晴らそうと、それまでの無聊、貧乏と悲しみに浪費してきた情熱をそっくりコオロギへと傾注する。妻の嘆きは大きい。

「あなたはそうやってコオロギのためにご飯つぶをつぶしていますが、ただ時間をつぶしているにすぎないのだわ。それにわたしはこんな陰虫はきらい。もう明日からはコオロギにやるご飯つぶひとつもありませんよ」

と蚊帳ごしにいう妻の声を背中に聞きながら、参将はコオロギの餌を捜しに龍井《りゅうせい》の山の中へ入って行った。ゆるやかな茶畑のあいだの道を抜けると雑木林がひろがる。野生の栗の木が数本あり、まだ青い実がぎっしりなっている。青いままの栗の実をつぶして与えるのがよい、と『促織経』には書いてある。参将は手袋をはめた腕を伸ばして、ひとつをもぐ。梂《いが》はまだ柔らかくて、指には刺さらない。三つ、四つと袂に入れたとき、

「おじさん、だめですよ。みつかったらひどい目に合いますよ」

と呼びかけられた。驚いてふり返ると、みすぼらしいなりの少女が立っていた。キノコが入った籠を背負っている。ちょっといたずらっぽい、澄み切った瞳で趙をみつめた。

「おや、私が泥棒というわけかい?」

少女は目を細めてうなずく。

「ここは康吉《こうきつ》さまのお山です。見張りがいますから、みつかったら殺されます。それは乱暴なんですから」

「まさか。この山は入会いのはずだよ」

「入会いって何か分かりませんが、もうこのお山は康吉さまのものなのです」

康吉は数年前、北の方から忽然と現われた弁髪の男で、皇帝のお墨付きと称する証書をふりかざして、米を中心に浙江の主要産物の取引きを独占し、塩の専売権も握った。人買いもやれば、江南の闘蟋賭博の元締めでもある。

「どうして青い栗なんか採るのかしら?」

「コオロギの餌にするんだよ、見逃しておくれ」

「まあ、コオロギの餌なの！　コオロギのことなら弟が得意なんですよ」

少女が指笛を吹くと、草を掻き分ける音がして、五、六歳の男の子が現れた。参将は、ふと男の子の顔にどこか見覚えがあるような気がした。

姉が弟の耳もとでささやくと、弟はうなずき、何か答える。

「康さまの館では、サワガニのすり身がコオロギにはいちばんいいといっているそうです」

と姉がいった。

「それでは、おまえたちは康のところの奴婢《ぬひ》なのかい？」

「はい、揚州から売られてきたのです」

「私も揚州から来たんだよ。親はどうした？」

少女の目にみるみる涙があふれた。

「死にました。清軍の揚州攻めのときに」

趙は、もしやと思って、父親の名をたずねた。

「父は許謹、母は王淑蘭といいます」

おお、と参将は声を上げた。

「それではおまえたちは許将軍補のお子か！　私はおまえたちの父の友だ。立派な最期だったぞ。母はどうされた？」

母さまは……、と姉は嗚咽して声にならない。母さんは、と弟が代わりに答えた。

「刀で自分の喉を突いたんだ」

そのとき、銅鑼の音が谷間のほうからひびいて、奴婢たちに集合がかかった。

「わたしたち、帰らなくてはなりません」

少女が急におどおどした様子になった。

「おじさん、わたしたちが帰ってからも、しばらくここを動いてはいけません。見張人はあちこちにいますから。この栗はコオロギの大切な餌ですから、こっそりお持ちなさい」

「ありがとうよ。……お待ち、今度、おまえたちにいつ会えるかね」

「わたしたちは七つの山を回って、柴刈りやキノコや山菜採りにやらされていますから、この次は来週の今日ですね」

姉と弟はしっかり手をつないで、ふり返りふり返り山の斜面を下って行った。やがて、谷間一杯に見張人らしい男のどなり声がひびき渡った。

帰宅すると、趙は早速、妻に許姉弟のことを話した。春玉は娘を思い出して、涙を流した。青栗はコオロギを喜ばせた。

七日後、参将と姉弟は再び山で会うことができた。この日は、弟がサワガニを十匹も袖の中に隠して持ってきてくれた。栗はもう茶色に熟していて、参将はこれを妻に食べさせてやりたいと思った。何しろこの三日間というもの稗《ひえ》がゆしか口にしていなかったのだから。彼が落ち栗を六個拾うと、少女がきれいに棣をはずしてくれる。

見張人にみつからないように移動して、木の間がくれに杭州のまちの一部がみえる場所まで来たとき、ふと趙は立ち止まって、

「ほら、この枝と枝の間から下をのぞいてごらん。小さな鼓楼がみえるだろう。鼓楼の梁には魔よけの鏡が掛けてある。いま、お日さまが鏡に反射して照らしている小さな屋根がみえるかね？」

みえます、と趙と並んで枝の間に小さなかわいい頭をさし入れて、少女がいった。

「あれが私の家だよ。一度遊びにおいで」

「いいえ、だめです。わたしたちは夕方になったら外に出ることができません」


コオロギの餌は姉弟の協力で確保できたが、心配は趙夫婦の食べものだった。隣近所から米や野菜を借りて何とかしのいだ。やがて闘蟋の季節がはじまった。趙のコオロギがはじめて近隣の闘蟋で勝ち進み、河坊街の草闘蟋《くさとうしつ》からお呼びがかかるほどになった。それで少し懐ぐあいがよくなり、ひと冬を越せるだけの煉炭を購入することができた。

冬になると、許姉弟は山に来なくなった。春節も過ぎて、啓蟄《けいちつ》のころ、趙参将は幼い姉弟のことを思い出して、

「あの子たち、どうしてるだろうね」

春玉は、子供たちのために無数の端切れをつないでちゃんちゃんこを縫っている。

「生きてるやら死んでるやら」

針の尖を頭皮にこすりつける。

「あらあら、わたしの脂っけもすっかりなくなりましたよ。……何か音がしたようですけど」

「音？　聞こえないが」

「いいえ、ほら、戸をたたいていますよ」

ようやく参将の耳にもその音が聞こえた。

「だれだろう。こんな夜更けにたたくのは死人だけだというよ。私は出るのはいやだね」

「何をいうんですか。あなたが待ちに待った使者かもしれないじゃありませんか」

「いや、待てよ。指笛だ、あの子の笛だ！」

趙は戸口へ走った。姉弟が立っていた。秋に別れたときのままの衣服で、ぶるぶる震えている。

冬になると、康吉の屋敷では、奴《やっこ》は藁打ち縄ない、婢《はしため》は機織り仕事に変わる。一歩も外へ出ることは許されない。きょうはたまたま康の末の息子の祝言で、屋敷じゅうが飲めや歌えの、何年に一度あるかないかの無礼講になった。喧嘩から二人が死んだ。死体はすぐに銭塘江に捨てられて、ワニの餌食になった。

無礼講といっても、屋敷の周りは奴婢が逃げ出さないように厳重に見張りが立っている。

姉には何としても逃げ出さなければならない理由《わけ》があった。少女は数週間前に大人になったのだ。大人になった女は「揚州の痩馬」にされるという運命が待っている。売られるのである。逃げるには今夜しかなかった。幼い弟を残してゆくわけにはゆかない。密かに少女に想いを寄せている厩番の少年が屋敷からの抜け道を手引きしてくれた。

「屋敷を出たのはどれくらい前かね」

と参将はたずねた。

「一時間前です」

「ではまだ追手はかかっていないかもしれない」

とつぶやくと、しばらくためらうふうに壁に寄りかかった。少女がつぶらな瞳で、彼をじっと見上げている。しかし、そのまなざしはやはり以前のものと違う、どこか艶めいたものがあった。大人になった、というのはほんとうなのだ。

許謹の妻が自刃《じじん》したのは、何人もの清兵に凌辱されたあとだった。五歳だった娘はその光景を覚えている。

「わたしたちは台州のおじいちゃんのところへ行きたいのです」

と娘はいった。

「亡くなる前にお母さまからおじいちゃんへのお手紙を渡されました。住所も書いてあります」

「台州か……、台州は遠いよ」

「遠くても平気だよ」

男の子がすかさず答える。

趙参将は燭台を持って、妻のそばへ行った。黙ってみつめあう。春玉が夫に何かを促すような目つきをした。それでもまだ思いあぐねて、燭台を手に突っ立っている夫をにらむと、燭台をもぎ取るようにして、奥へと消えた。

小さな重たそうな包みを持って来た。銀二十両である。

「春玉、それは一朝事ある時……」

「いまがその時ですよ」

趙はうなずく。彼のその後の行動はすばやかった。馬を借りてきて、姉弟を彼の前とうしろに跨がらせ、灯りを片手にかざしてクリークまで疾駆する。クリークには書画船が舫ってあり、眠っている船頭の陳を起こして事情を話す。

陳一桂はかつて明朝に仕えた東林派の官僚だが、明朝が滅びるのを見届けるとさっさと帰郷して、江南のクリークを書画骨董を積んで商いをして回る船の船頭になった。彼の甥が倭寇に走って、福州船に乗っている。福州船は銭塘江を溯って杭州まで来る。これには清人も手が出せなかった。福州船に許姉弟を乗せられれば台州まで行ける。

「地獄の沙汰も銀《かね》次第といいますな」

陳がいう。参将は黙って二十両を渡した。

数日して、銭塘江に一人の少年の死体が浮かんだ。体中にはげしく鞭打たれたあとがあった。許姉弟を手引きしたことがばれた厩番の少年だった。

「あの子たち、無事台州に着いたでしょうか」

「わからん。陳の奴にもわからんらしい。福州船が海嘯《かいしょう》のためにしばらくのぼってこれないから、甥からの首尾の知らせもない」

春になった。参将夫婦はまだ何とか食いつないで生きている。福王からの使者はない。

「もうお米も塩もありませんよ」

春玉がため息をつく。ため息のあとには必らず小さな咳がつづくようになった。

二十個の養盆の中のコオロギも生きている。ミミズを食べさせているので、飼主の夫婦より元気がいい。

近所の女がやってきて、まちに来ている雑技団《サーカス》の話をして帰る。体中の関節をはずして、ゴムマリのように丸くなってはずむ男や、親不孝のせいで月夜に毒キノコに変えられてしまった娘がみられるというのである。

「ひもじさというのは、慣れることのできないもんだな」

趙がぽつりという。春玉が棚の養盆に視線をやって、

「最後は、虫でも食べるしかないでしょう」

そのとき、馬車の音が聞こえた。近づき、家の前で停まる。趙ははっとなって首を挙げ、背筋を伸ばした。

「こちらは、参将趙洪さまのお宅ですか」

馬車からおりた立派ななりの初老の男がたずねた。

台州の李瑛さまよりの品を届けにまいった、といって、馬車の中から大きな木箱を御者に手伝わせて運び入れる。

趙は、福王からの使者でなかったことに失望して髭をかむ。……台州、はて、とつぶやく。

「何でしょう?」

「コオロギですよ」

と男は答えた。

「なにしろ李瑛さまのコオロギですからね。強いと思いますよ。確かにお届けしましたよ」

男はひらりと馬車に飛び乗ると、あっというまに去って行った。

手紙が添えられていた。みごとな筆致で、孫の二人が無事台州に着いたこと、趙洪の恩義には、混沌が北海王と南海王をもてなした以上のものをもって報いるべきところだが、孫より趙参将が闘蟋をおたのしみと聞き及び云々……。

木箱には四個の胡蘆《ころ》と、コオロギ飼育用と闘蟋用の選りすぐりの様々な道具一式が入った小箱があった。

いちばん大きく立派な胡蘆から出てきたのは、紫色を帯びた黒い雄のコオロギである。背はつやつやとして、大きさは中ぐらいだが太くがっしりとした頸と脚、長い触角を備えている。趙はいままでこれほど美しく、気品にみちたコオロギをみたことがなかった。

あとの三つの胡蘆には、それぞれ一匹ずつ雌のコオロギが入っていた。姿かたちから、三匹とも処女であることはまちがいない。賈似道の『促織経』には、「白露前に雌・三尾を捕えてきて、三日から五日に一度は風呂に入れてやり、そのあと雄と交尾させれば、雄は勇気と闘争心を燃やすようになる」とあるのを趙は思い出した。

この三尾とは三匹のことではない。雄のコオロギの腹の先には二本の尾毛がついているが、雌はこの尾毛のあいだにもう一本、産卵管が出ていて、これを合わせて三毛、あるいは三尾と称す。つまり三尾とは雌の別称なのだ。

銭塘江を大潮の海嘯が押しのぼってくる。秋である。虫売りがまちを練り歩き、あちこちで虫の市がはじまった。虫の鳴き声が杭州のまちの通奏低音となる。

参将は奇妙なことに気づいた。李瑛から贈られた美しい戦士が鳴かないのだ。コオロギは、雄は鳴き、雌は鳴かない。戦士はまちがいなく雄である。

だが、彼は界隈の闘蟋試合を圧倒的な強さで勝ち抜き、昭慶寺の草闘蟋も連戦連勝で制覇した。人々は参将のコオロギを唖《おし》の勇士と呼ぶようになった。いつ鳴くだろうか。

今年、はじめて、康吉は西湖に闘蟋船を浮かべた。贅を尽くした新造船である。いよいよ江南最強のコオロギを決める正宗《まさむね》戦が近づいた。これには権門、豪商、素封家、有名文人などが参加する。

趙参将に康吉から招聘状が届くだろうか。草闘蟋から正宗戦に出場を許されたコオロギは過去にない。だが、趙は、正宗闘蟋場でコオロギを闘盆に放つ瞬間を夢みた。

趙ばかりではない。啞の勇士が正宗戦に出場した場合に備え、啞の勇士に賭けるため、みんな銀《かね》をためはじめたのである。

やがて参将が望んでいたものが届いた。絹紙の立派な書状で、表に「楽戦九秋」と書いてある。正宗戦への正式な招聘状だった。

康吉は、近年で最強と思えるコオロギを所有していた。正宗戦で勝利を飾らせてのち皇帝に献上するつもりである。覚えのめでたさは限りないものとなるだろう。

決勝戦を「打《だ》将軍」と呼ぶ。目の玉が飛び出るような賭け金が動く大賭場でもある。一回戦、二回戦、三回戦、四回戦、準々決勝、準決勝、そして決勝戦。康吉のコオロギはつねに最強を誇るから将軍と呼ばれ、予選を勝ち抜いてきた虫と雌雄を決する。

十日間にわたる正宗戦の火蓋は切って落とされた。出場者、招待客は、四方の波止場から櫂《かい》の小舟に揺られて、西湖・三潭印月の近くに浮かぶ闘蟋船に向かう。緊張した面持ちの趙洪の姿もある。

趙のコオロギは、緒戦で思わぬ苦戦を強いられたが、引き分け寸前で敵の脚が折れた。審判の右手がさっと趙にあがった。好運だった。二戦、三戦、四戦は楽勝だったが、準々、準決勝は辛うじて勝った。

杭州のまちは趙参将のコオロギ、啞の勇士の決勝進出で湧き返った。いうなれば草競馬の馬が中央競馬に駒を進めたのである。決勝戦当日、西湖のほとりは十万の群衆で埋めつくされた。視線はただ一点、数千本の蠟燭のイルミネーションもあざやかな闘蟋船のデッキ近くの一室である。

中央闘蟋場は二間《けん》四方の小さな部屋である。この歴史的決勝戦を観戦できるのは、貴顕、選ばれた客二十名に限られている。壁のまんなかにバッタの神様がまつられ、お供物がしてあり、一同が整列すると主宰者の康吉が線香をあげて、試合の無事進行を祈ったあと、位置につく。双方の戦士はまず三尾と、つまり最も相性のいい雌との交尾をすませてのち、紫檀のテーブルに置かれた楕円形の闘盆にポトリと落とされる。観客たちはいっせいにテーブルの周囲に集まって、長径が二十五センチの闘盆に釘付けになる。

まん中に仕切りがある。審判長の合図とともに、仕切りが上げられる。

趙はみずから茜草《せんそう》をあやつって、コオロギをけしかける。敵は熟練の領草員が受けて立つ。だが、コオロギ同士はにらみ合って動かない。

観客は固唾をのむ。まるで広大な闘牛場で、闘牛士と牛の闘いを見守るように。

二匹は同時に動いた。相撲の立ち合いのようにぶつかり合ったかと思うと、牙と牙を嚙み合ったまま静止する。四つに組んだ。押して、引く。横に回る。

趙の虫がいきなり倒れた。しめたとばかりに将軍は牙をはなして、打ちかかった。とみるや、趙の虫は跳躍して、牙で相手の翅に嚙みついた。将軍はあわてて翅を打ち合わせる。美しい鳴き声がひびきわたった。おそらく、将軍は自分の声に一瞬、聞きほれた。そのときだ、啞の勇士が敵の頭部にとびかかり、牙で頸部を嚙み切った。将軍の首がちぎれそうになって、ぶら下がる。

審判長の軍配がさっと趙に挙がった。一瞬、室内を水を打ったような静寂が支配する。

「こいつは赤壁の戦いなみだ」

弁髪の男が興奮さめやらぬ声を上げた。拍手が湧き起こる。趙は、ひたいにびっしょりかいた汗をぬぐいながら、いまや虫王となった啞の勇士を竹のピンセットでつまむと、胡蘆の中におさめ、椅子から立ち上がった。

康吉の姿がいつのまにか消えている。闘蟋の仕切人らしき男が近づいて、別室へどうぞ、と耳打ちして、趙を案内する。廊下の小窓から湖面を吹き渡る風が水のにおいを運んできた。趙はそれを吸い込んだ。

そのとき、啞の勇士勝利の報が湖を取り巻いた十万の群衆にもたらされた。巨大などよめきが上がった。

別室に入る。豪華な紫檀に瑪瑙細工の屛風を背に、康がすわって彼を待っていた。鼠のような頭、鷹のような目をして、顔全体は首のしわと同じ皮膚でおおわれている。

「お祝い申し上げる。ご存知かどうか、『打将軍』に勝った虫王は皇帝に献上することになっている。あなたの虫を渡していただきましょう」

いつのまにか屈強な男たちが趙を取り囲んでいた。

趙はゆっくりと胡蘆のふたを開ける。手をつっこみ、虫王をつまみ出すと、ぱっと口の中にほうり込み、のみ込んだ。喉を通るとき、ついに啞の勇士は鳴いた。だが、それを聞くことができたのは趙ひとりである。

彼はいった。

「腹が空いておった」

康吉は啞然として、明の参将をみつめた。

夏の帽子

1

芦田です。谷崎賞をいただき、その記念に谷崎潤一郎ゆかりの地、芦屋市のお招きを受け、講演することになったとき、やはり谷崎について話さなければならないだろうと考えたのですが、芦屋を舞台にする有名な『細雪』や、他に例えば『卍《まんじ》』、『吉野葛』といった作品でなく、意外な作品から話させていただきます。なぜ意外かと申しますと、谷崎でなく、泉鏡花の作品からはじめることになるからです。

——泉鏡花に「葛飾砂子《かつしかすなご》」という短篇があります。

深川富岡八幡宮の門前、待乳屋《まっちや》という三味線屋の娘菊枝は、秋の末、日が暮れてから、つい近所の不動の縁日に詣《まい》るといって出たのが、深夜になっても帰ってこない。歳は十六。

大川（隅田川）にひとりの老船頭がいます。名は七兵衛、一人で船を操ります。信心深く、船を漕ぎつつ美しい声で、妙法蓮華経のお題目を唱えるのです。

妙法蓮華経《みょうほうれんげきょう》 如来寿量品第《にょらいじゅりょうぼんだい》 十六自我得仏来《じがとくぶつらい》、所経《しょきょう》……無量百千万億載阿僧祇《むりょうひゃくせんまんおくさいあそうぎ》、と。

法《のり》の声は、芦《あし》を渡り、柳に音ずれ、キリギリスの鳴き細る如く、身を苦界《くがい》・病界に沈め、哀しむ老若男女の枕辺に福音、川面に伝えて、七兵衛の船は七兵衛が乗って漂々然。

とある月の夜、七兵衛は美しい身投げの娘を水から引き揚げます。まだ息はある。娘の名は菊枝。

娘は、袷《あわせ》の上に、「斧《よき》、琴《こと》、菊《きく》を中形《ちうがた》に染《そ》めた、朝顔《あさがほ》の秋《あき》のあはれ花《はな》も白地《しろぢ》の浴衣《ゆかた》」を着て、菊五郎格子《ごうし》の帯上を結んでいた。

この浴衣こそ、菊枝を水に導いた死神、娘をして身を殺さしめた怪しの衣《きぬ》。

つい先頃、尾上橘之助《おのえきつのすけ》という若い名題《なだい》役者が肺を煩い、あまりに胸が痛いから白菊の露がのみたいという意味の辞世の句を残して死んだ。じつは娘はこの尾上橘之助の追っかけ。橘之助が死の床で身につけていたのが件の浴衣。これをもらいうけたのが、息を引き取るまで世話をした看護婦のお縫《ぬい》で、ずいぶん年上だが、菊枝とは仲良しで、ちょいちょい遊びに行っていた。この日、不動の縁日に出掛けて、参詣の帰りがけ、姉さんお内《うち》かい、寄った折、何はさておき、橘之助の噂。葛籠《つづら》の底から取り出して浴衣をみせてしまった。

娘は、お縫が鮨《すし》でもおごりましょうとちょいと外に出たすきに、急いでその浴衣を身に着け、裸足で亡き人のあとを追って、蓬萊橋から身を投げたという次第。

水びたしになった浴衣は、七兵衛が小屋の台所にかかって、しとしとと板敷を濡らしている。息を吹き返した娘は、屏風の中からそれをみて、またうっとり。そして、七兵衛とこんな会話を交わすのでした。

「然《さ》うでございますか、あの私《わたし》は恁《か》うやつて一生懸命《いつしやうけんめい》に死《し》にましたわ。」

「此《こ》の女《こ》は！　一生懸命《いつしやうけんめい》に身《み》を投《な》げる奴《やつ》があるものか、串戯《じようだん》ぢやあねえ、而《そ》して、どんな心持《こゝろもち》だつた。」

「あの沈《しづ》みますと、茫乎《ぼんやり》して、すつと浮《う》いたんですわ、其時《そのとき》に恁《か》うやつて少《すこ》し足《あし》を縮《ちゞ》めましたつけ、又《ま》た沈《しづ》みました、其《それ》からは知《し》りませんよ。」

「やれ〳〵苦《くる》しかつたらう。」

「否《いゝえ》、泣《な》きたうございました。」

菊枝は無事家に帰り、親にも許されて、髪も結い、身を投げたのはここから、と同じなりで、蓬萊橋からかたみの浴衣を供養した。この時、既に、「菊枝《きくえ》は活々《いき〳〵》とした女《むすめ》になつ」て「今年《ことし》は二十《はたち》」というハッピーエンドの、鏡花にしては珍しい結末。

「葛飾砂子」は、大正九年（一九二〇）に映画化されました。無論サイレント。監督はハリウッド帰りのトーマス栗原。配役は、菊枝を上山珊瑚《さんご》、七兵衛を中尾鉄郎、橘之助を岡田時彦。岡田時彦は人気の美男俳優、といってもみなさんにはなじみのない役者ばかり。それはそうです、いまから八十年近くも昔のことですからね。しかし、岡田茉莉子は岡田時彦の娘、といえばやや身近に。ちなみに、芸名岡田時彦の名付けの親が谷崎潤一郎。

そして、この「葛飾砂子」を、これは映画そのものだ、といって企画し、自らシナリオを書き、プロデュースしたのが、大正活映文芸顧問の谷崎でした。

「まことに映畫は人間が機械で作り出すところの夢であると云はねばならない」（「映畫雜感」）。谷崎は映画狂でした。映画を「白昼の夢」、映画のエロティシズムを「淫楽」と呼んだ。映画の草創期、彼ほど映画の本質をただちに見て取り、映画に魅惑された小説家はいません。映画の技法と夢の技法が同じである、という彼の洞察力。

ニーチェは『善悪の彼岸』の中で、いまや我々は、かつて「霊魂」を信じていたように、文法を、文法の主語を信じている、と言っています。どういうことかといいますと、文法とは、主語と述語です。私は考える。先ず「私」・主語があり、「考える」という述語を生み、規定する。あるいは構成する。主語「私」が原因で、述語「考える」がその結果である。

しかし、ほんとうにそうだろうか、とニーチェは疑問を投げかけます。

逆に、先ず「考える」という行為があり、その行為が「私」を生み、規定し、構成する。

では、私が考えるのではないとしたら、一体だれが考えるのか。このだれ、私でもあなたでもない何か。名付けようもないそれ。

雨が降る、と言います。風が吹く。稲妻が走る。

それと同じように、それが考える。

「私が考える」は、たかだか二、三百年の歴史しかありませんが、「それが考える」は数千年の歴史を持っています。人々は、それに、霊魂や神々、そして夢という言葉を与えたのです。

それが考える、その考える技法とはどのようなものでしょうか。それには、私たちの夢を思い浮かべてみればよいのでは……。私たちは夢をどんなふうにみるでしょう、その技法は？　パンショット、クローズアップ、フェイドイン、フェイドアウト、オーバーラップ、トラッキング、空中撮影（鳥瞰・俯瞰）、そしてモンタージュ。

これは映画の技法ですが、私たちの夢の見方と同じではありませんか。どっちが先でしょう。当然、夢ですね。

夢の中では、私たちは古代人なのです。私たちのみる夢の中に「私」はほとんどいないか、稀薄なのはそのせいです。

古代人にとって、すべては白日夢のようなものでした。現代の私たちのように、日常と非日常、現実と夢がはっきりと区別されていません。だからこそ、神々が、霊魂が信じられたのです。

夢の技法が、それの技法が、映画に入ったのだといえます。

パンショットもトラッキングも空中撮影も、神話時代から我々の夢の技法＝語りそのものだったのです。それを二十世紀の機械技術が外在化したといえるのです。

明治よりこれまで、最良で最大の夢の見手、谷崎は、一九二〇年代前半、草創期の映画と出合って、そのことを鋭く感じ取った。谷崎の言葉をくり返します。

「まことに映畫は人間が機械で作り出すところの夢であると云はねばならない」

こうもいえるでしょう。谷崎は、映画より先に映画を知っていた、と。

彼が「葛飾砂子」の他に、脚本を書き、製作にかかわった映画は、「アマチュア倶楽部」「蛇性の婬《いん》」「雛祭《ひなまつり》の夜」の三本です。しかし、「葛飾砂子」を含め、いまは一本も残っていません。見ることができません。

じつは、こちらへ伺う直前、ある本が送られてきまして、新幹線車中で読みはじめたら夢中になって、読み終えたのが新神戸駅直前のあの長い六甲トンネルの中でした。あわてて飛び降りたといった感じで、なつかしい神戸に降り立ったのでした。

ちなみに、この本のタイトルは『映画は語る』（淀川長治・山田宏一著）。中央公論新社から出たばかりです。これを送ってくれたのは、中央公論新社の編集部のKさんという女性で、実際にこの本を作られた方です。同封されていたKさんの手紙の一部を紹介します。

「（……）以前『毎日新聞』にて、『中央公論』に掲載された『淀川長治邦画劇場』をとりあげていただきましたが、そちらも収録されております。山田宏一氏が十四年にわたり淀川さんにインタビューしてきた中から、選りすぐりのものを集め、再編集いたしました。淀川さんの遺著が数多く出版されているなか、内容の濃いものになっていると自負しております。(……)」

読み耽って、ちょうど揖斐《いび》川の鉄橋を渡っているところでした。……ところで、余談ですが、新幹線は、東京以西の太平洋に流れ込む代表河川のほとんどを渡るのに、淀川だけは最後まで渡らないいんですね。

さて、この本は五百ページ近くありますが、揖斐川を渡っているところで、三百六十八ページあたり、こんなページに出くわしたんです。

淀川　ぼく、十歳ぐらいでしょ。(中略) 栗原トーマスが次に撮った泉鏡花の原作の『葛飾砂子』。(中略) これがいまでも日本映画の最高と思っているぐらい。これはタイトルから終わりまでおぼえてます。そのぐらい好きだった。
山田　『葛飾砂子』なんて、もう全然プリントも残っていないですよね。
淀川　『葛飾砂子』、どこかにあれば、拝んでみたい。(中略) びっくりしたのは、この『葛飾砂子』いう映画、最初、タイトルが映らないのね。水面がキラキラ光った大川端が映るの。あら、まだタイトルが出ないなと思ってたの。そうしたら、向こうに船が一つあって、こう浮かんでるのが見えたの。次のカットで船が近づいてるの。寄るの。あらっと思ったら、こんどは、船を漕いでいる船頭の目で岸が見えてきたの。船頭の眼がキャメラになって船から撮るから、岸が動いているの。その岸が移動するのと船頭が船を漕ぐのとが交互にちょっとカットバックになるの。ずうっと近づいていくと、その岸に杭が斜めに立ってこっちへ動いてくる。なんだろうと思ったら、「無縁仏」と書いてある。死んだ人の名前はないの。つまり、身投げする場所らしいのね。そこに、画面の上に、横のほうに、「南無妙法蓮華経」とスーパーが出たの。それで元へ戻って、キャメラがロングになって、船が遠く通っている。大川端の景色になって、『葛飾砂子』とタイトルが出たの。いいなあと思ってると、「この物語はこのあたりの哀話」と出たの。それ見てびっくりしたの。

山田　すごいですね。メインタイトルが出る前に映画が始まるいわゆるアヴァンタイトルがもう話術として使われていたんですね。

淀川　そう。そんな洒落た映画は、それまでなかったの。フランス映画みたいだった。ラストもいいですよ。二つの傘が橋の上を歩くのをキャメラが上から撮ってる。日傘と洋傘。女と男。二人は欄干のほうに寄っていく。キャメラはこんどは下から二人を撮るのね。「二人で思い出を流しましょう」って、女が風呂敷包みをひらくと浴衣があった。その浴衣を着て入水自殺しようとしたところを助けられたのね。助けたのが船頭さんだったのね。その思い出の浴衣を流して、川を流れていくところで終わるのね。それで驚いちゃった。日本映画がこんなに立派なのかと思った。『アマチュア倶楽部』と『葛飾砂子』を見て、これだったらフランス映画に負けないと思ったの。『アマチュア倶楽部』はマック・セネットみたいなの。

淀川長治は神戸の人です。十歳ぐらいのとき、神戸で、谷崎の「葛飾砂子」をみた。そして全部覚えている。不思議な人です。だって生まれて一年一ヵ月のとき、ハレー彗星《すいせい》が通ったことまで覚えているんですから。こんなふうに。

私が一歳一カ月ぐらいのとき、ハレー彗星が通った。ハレー彗星は流れ星みたいに流れません。じっとしているの。すーっと通っているの。光って辺《あた》りが明るくなるの、強い光で。私、お祖母《ばあ》さんの背中からそれを見て、まぶしい思いながら見たのを覚えています。流れないで、そろそろ、そろそろ行っているの。一年一カ月ぐらいのときです。明治四十三年五月十九日にハレー彗星通ったんだから。

これを読んでいたのは、ちょうど六甲トンネルの中でした。
不思議ですね、こわいですね、淀川長治、こわい人ですね。すごいですね。
芦屋は神戸のおとなりですが、神戸は、はじめてマッチの入ってきたまち、そしてまた映画がはじめて上陸したまちです。映画フィルムはセルロイドですから、マッチ一本ですぐ燃え上がります。そんなわけで、谷崎のフィルムは一本も残っていない……。

淀川長治のお姉さんが、神戸で谷崎松子さんと古くからの知り合い、親友で、彼は谷崎とも何度か会っている。……と話は尽きませんが、「私の神は映画だ」といって淀川長治が亡くなったのは去年の十一月十一日でした。八十九歳でした。

時間が来てしまいました。ご清聴ありがとうございました。

2

私は思いがけない高揚感につかまっていた。

講演原稿を準備しているときには、何も起こらなかった。淡々、坦々と構成を考え、メモを取っていた。予行演習などしないから、ぶっつけ本番で臨んだのだったが、——妙法蓮華経《みょうほうれんげきょう》如来寿量品第《にょらいじゅりょうほんだい》十六自我得仏《じがとくぶつ》……、法《のり》の声は、芦を渡り……、七兵衛の船は七兵衛が乗って漂々然……、と声に出して読みはじめたあたりから、私の中にある変化が起きた。変化の正体は分からない。電気のようなものが脊髄をつき抜け、講演が終わったあとのサイン会での握手攻め、懇親会の出席者からの祝意や問いかけ、講演の感想、讃辞にもほとんどうわの空でやり過ごしてしまった。

途中で、自分がぼんやりしていたことに気づき、ちょっと風邪気味で、とあわてて言い訳をしたりした。そういえば、お熱がありそうなご様子、どうぞお大事に、などと慰められたりする。

アルコールも適量入って、高揚した気分のまま、午後七時頃、見送られて、外壁がびっしり蔦《つた》に蔽われた会場のルナ・ホールをあとにした。

「新神戸オリエンタルですね」

ハイヤーの運転手は確認して、国道二号線に向かいかけたが、私は急いで、山手幹線を行って、高羽《たかは》から山麓道《さんろくみち》のコースを、と依頼した。

「お客さん、神戸、詳しいんですな」

私は黙っていた。

七時二十分に、新神戸オリエンタルホテルに着いた。チェックインは先にすませてあった。明日、午前中に東京から妻がやって来る。私は紀州・田辺の生まれだが、妻は東京生まれの東京育ちだった。

彼女は雑誌などで神戸のみどころをチェックして、先ず旧居留地にある旧横浜正金銀行神戸支店を増改築した神戸市立博物館で、開催中の薩摩切子の展覧会をみたあと、チャータードビルのイーエイチバンク・カフェでランチを、そのあと三ノ宮からＪＲで住吉に移動して、六甲ライナーに乗り、小磯記念美術館で小磯良平の絵とアトリエを見学するというプランを立てていた。とにかく神戸をたのしみにしているのだ。

私はネクタイを解き、スーツを脱ぐとベッドにドンと音をたてて倒れ込み、大きく息を吐く。私の頭はほんとうに風邪かなと思うくらい熱っぽかった。——妙法蓮華経如来寿量品……七兵衛の船は七兵衛が乗って……とだれの声ともつかず、微かにひびいている。

それが、ふしぎで奇怪な、暗闇のなかに思いがけなく遠くのびている何本もの細道へと、私を引っぱり込もうとしている、そんな不安が頭を擡《もた》げる。

起き上がると、わざと熱くしたシャワーを浴びながら口笛を吹こうとしたが、思うように鳴らない。酒でも飲もうか。ホテルの最上階、眺望が良いことで有名な三十六階のバー・ラウンジで一杯やることを思いつく。阪神・淡路大震災の日も、新神戸オリエンタルは営業していた。その夜、バー・ラウンジには耿々《こうこう》と灯りが点って、宿泊客やデートのカップルが、夜景をみながらカクテルを飲んでいたという証言がある。

白のカッターシャツはそのまま、ジーンズと紺のジャケット、ズックのいでたちで、二十階の部屋を出た。エレベーターホールで、上りのボタンのつもりが、間違って下りを押してしまった。

下りエレベーターのドアが開く。中に五、六人の客が、まるで待ちかまえていたかのような、乗らずにはすまさないぞといった視線を向けてくる。乗るしかなかった。失礼、といって、私は滑り込んだ。

高層階から降下してゆくくすぐったい感覚の中からふいに、夜の窓から飛び込むカナブンのように、それは甦った。

もう十六、七年前になるだろうか……。三宮から県道30号、通称税関通りを新神戸駅のほうへ向かって歩いて、中山手通りと交差する加納町三丁目の北東角に「アカデミー」というバーがあった。住所は布引二丁目。

私は、かつてそこに三、四回行ったことがある。忘れていたのだが、いまもまだやっているだろうか。

行ってみようと思い立った。

ホテルのエレベーターを地下三階までおりて、店じまいしたショッピングモールから税関通りに出る。タクシーに乗るほどの距離ではない。私はなだらかな広い坂道の歩道を下ってゆく。

あの頃は逆に、三宮から「アカデミー」をめざしてのぼって行った……

私がまだ作家デビューの前のことで、当時、大阪の繊維系の中堅商社に勤めていた。

税関通りは左方向に大きく彎曲しながらゆるやかに三宮から新港突堤へと下ってゆく。地震直後、十階建のビルが七十度に傾き、翌日、まるでごろりと横たわるように原型を保ったまま根こそぎ倒れて、広い税関通りを完全に遮断してしまっている光景を写真でみたことがある。

いまでは、同じ場所に総ガラス張りの二十階建のビルが建っている。

あれほどの災害に見舞われたまちだ。「アカデミー」が昔通りにあるはずがない。私は引き返してもよかった。だが、坂道をいったん歩きはじめたら、途中で引き返すことなどできるものではない。

正直いって、私は「アカデミー」がなくなっていることを願っていた。

災厄が一人の人間を救うこともある。銀行強盗が大金を強奪する、あるいは男が女を殺して逃げた直後に大災厄がひとつのまちを壊滅させ、犯行現場を消してしまう。彼の愚行を知っている人間が、すべて地上からいなくなることを夢想しなかった青年がいるだろうか。

だが、それはあった。同じ場所に、昔と全く変わらないしもたやふうのたたずまいで。

車がひっきりなしに行き交う中山手通りから、いきなりマカダム舗装の細道がツゲやツデイの植込みの中へ十数メートルのびて、壁に蔦を絡ませた二階家に通じている。

私は道の半ばでいったん立ち止まり、まるでだれか尾《つ》けてきた者はいないかと疑うかのようにうしろをふり返ったあと、徐《おもむろ》に引き扉を開けた。

「いらっしゃい」

高くしわがれたあのマスターの声。私は会釈を返して、店内を見回す。少しも変わっていない山小屋ふうのつくり。左側の壁に、畳一枚くらいの漆喰のボードが嵌め込まれている。仄明るい白熱球のもとに、セピア色のボードから美しい少年の横顔やカトレアの花、鳥籠とその中のカナリア、切り取られた鎧窓、コウモリ傘、獅子舞の頭《かしら》、瓶首を握った手、パイプ、水パイプ、三人の子供の裸像、神戸の街並などの油絵が浮かび上がる。それぞれの絵のわきにはサインがある。R.KOISO、K.TAMURA、S.OKA……。小磯良平、田村孝之介、岡鹿之助、伊藤慶之助、坂本益夫、詩人竹中郁の名前もある。戦後日本を代表する神戸画壇の雄たちが、ここで酒を飲み、画論をたたかわせ、戯れに描いた絵。

私はマスターに促されて、右手奥のカウンターに向かう前、もう一度ボードに顔を近づけて、ある画家の名を捜す。だが、みつからなかった。

「だれを捜しとるんや」

「小出楢重……」

「小出は、はなからここにはおらんよ」

「そうですか。あったように思っていたんですが」

「あんた、以前、来たことある？」

「ええ、ずいぶんと昔に、一度……」

私が、小出楢重の絵がボードにあると思っていたのは勘違いだった。それにはたぶん谷崎潤一郎が絡んでいる……

小出楢重の代わりに、私はボードに何本ものひび割れをみつけ、そっと人差指の先でなぞった。

「地震のきずあとや。何にしますか」

どうやら幸いなことに、マスターは私のことを覚えていないらしい。私はフォア・ローゼズの黒ラベルのソーダ割を頼んで飲みはじめた。客は私の他に二人しかいない。

そっとマスターを観察する。彼の胡麻塩頭も、顎ヒゲも大きな耳も当時と変わっていないようにみえるが、滑舌や立居振舞のひとつひとつにはさすがに年を感じさせるものがあった。

二人の客は常連らしく、マスターと機嫌よく阪神競馬で盛り上がっている。カウンターのうしろの四段棚には、年古りてやはりセピア色に染まったラベルのウィスキー、ブランデー、ジン、ラム、リキュールの瓶が所狭しと乱雑に並んでいる。中には、明らかに空っぽと思われる瓶もある。

私がすわっているカウンターの右隅に、ボブ・ディランのCDが立てかけてある。以前、このあたりに谷崎から先代のマスターに宛てた葉書が四、五枚、無造作に置かれていたのだが……。小出楢重と同様、やはり私の記憶違いだろうか。

たしか谷崎潤一郎の葉書がこのあたりに、とためらいがちにマスターにたずねると、窓際の棚に立てかけられたLPレコードの並びの端を指さした。私は立ち上がって、一冊の小型のファイルブックを取り、めくった。

谷崎の葉書はたしかにあった。毛筆で認《したた》められた先代のマスター宛の、いずれも東京や熱海、京都から出された礼状や時候伺いだ。

「昔はもっとあったんやけどな。こないだの震災でどっかへいてしもた」

神戸時代、谷崎はよくここに来たのだ。

私が、ここで、カウンターの上に無造作に置かれていた谷崎の葉書に出会ったのはひと昔も前のこと。しかし、谷崎が通った頃の「アカデミー」は現在の布引二丁目ではなく、少し離れた上筒井通六丁目のあたりにあって、戦後ここに引越してきた。

当時、私は大阪の淀川区塚本にアパート住いをしていた。谷崎の葉書を読んだ次の日曜日、大阪市立淀川図書館に足を運んで、谷崎の全集に当った。「アカデミー」のことがどこかに出ているかもしれない。

中央公論社から出ている谷崎潤一郎全集全三十巻のうち、随筆、書簡、年譜などは第二十巻から第二十六巻までに納められている。私は、第二十三巻の三八八頁に、「アカデミー」の名をみつけた。

昭和三十九年五月六日、佐藤春夫が亡くなった。同月、谷崎が「朝日新聞」に寄せた「佐藤春夫のことなど」と題する一文がそれだ。

しかし、そこに書かれていたのは、ある意味では、有名な「細君譲渡事件」と呼ばれる醜聞より衝撃的な内容だった。

いまの若い人は、私と佐藤との間の、家庭問題など知らないだろうが、この際はっきりさせておきたい。私の妻が私とわかれて、佐藤夫人になるについては、佐藤が始終私の家に出入りしていたので、妻との間に間違いがあって、私とわかれ、佐藤のところに行ったと思っている人が多いが、そんなことはなかった。

とはじまるのだが……

（略）その時分（昭和四、五年〔一九二九―三〇〕頃か？　筆者注）、私はまだ阪急沿線の岡本に住んでいた。佐藤は郷里が新宮辺で、当時は大阪から、船で国へ帰っていたから、大阪へは始終来ていた。来れば私のところへ泊っていた。

この話（谷崎夫人千代が谷崎と別れて、佐藤の妻になる。筆者注）がきまってからも、佐藤は、私のところに泊っていた。

（略）

いま、よくおぼえていないが、ある晩、佐藤が神戸に出て、アカデミーというバーに行った。このバーは、場所はかわったが、いまの加納町にあるなかなかいいバーで、当時は阪急の終点の上筒井にあった。私はそこがひいきで始終行くので、佐藤も行ったが、その晩、佐藤はここでひどく酔って帰って来た。彼は酒は飲まない男で、少し飲んでも赤くなって、息苦しくなったが、その晩はブランデーを、一ビンの半分くらい飲んだらしい。どうしてそんなに飲めたか、不思議だが、翌日に軽い脳出血を起した。顔がゆがんで、なにかいうことがわからない。ふだんは非常に、しゃれやこっけいなことをしゃべったが、このときは、ろれつのまわらないままに、こっけいなことをいっていて、気味が悪かった。妻はもう佐藤夫人になっているはずであったから、これは随分彼女を苦しめたことであろうと、気の毒に思った。

佐藤は、若い時から才気煥発で口が達者で、気骨もあり、けんか早いところがあったが、この時電報をうつと、すぐお父さんがとんできて、「少し無遠慮過ぎるところのある男だから、いくらか気が弱くなったほうが、よござんすよ」といっていた。

しばらく私のところで静養し、顔の曲ったのは、一日か二日でなおったので、安心したが、完全に回復するのに、一、二年かかった。その間は、書くものも、全然間が抜けていたし、佐藤はどうしてあんなにボケたのかと、いうものもあった。回復するにしたがって、また才気煥発になり、機鋒の鋭さももどったが、でも、もう若いときのような、おそろしい鋭さはなかった。

この時のことは、佐藤の文学によほど影響していると思う。私としては、若いときのもののほうがなつかしいし、私が影響を受けたのも、それ以前の佐藤の文学にあるという気がする。

つまり、谷崎は、「アカデミー」泥酔事件以降の佐藤春夫の文学を認めないといっているに等しいのだ。

3

この店には一人で来たわけではない。一九八〇年代半ば、私は三十代のかかりで、商社に勤務しながら作家になる野心を抱いていた。周囲のだれも私が小説を書いていることを知らなかった。芦田誠一郎のペンネームでいくつかの新人賞に数回応募したが、いずれも二次予選止まりだった。

独身で安月給、食べてゆくのが精一杯という生活を送っていた。年下の恋人がいた。映画や食事、時に居酒屋などで飲んだりしたが、いつも彼女が払ってくれた。

光《ひかる》、それが彼女の名前だ。男の子を産むつもりやったから、女の子の名前を考えてへんかったんやて、と彼女は笑いながら話した。

彼女は、私がもの書きになりたい、しかも純文学ジャンルだから、食べていくのは容易じゃないと話すと、わたしはそうした世界のことはよう分からへんけど、兄ちゃんは何か強い運勢を背負うているような気がする、と私の将来を少しも疑っていない口ぶりで答える。

……彼女が、私のことを兄ちゃんと呼びはじめたのはいつからだろう。

大阪の音大を出て、ヤマハかカワイの教室で週に三回、ピアノを教えていた。早くに母親を亡くして、山陽電鉄に勤めている父親と二人で長田区若松町の実家で暮らしていたっけ……。

ある日、父親から教えられたといって、「アカデミー」に私を連れて行ってくれた。むろん、彼女もはじめてで、父親に、私が作家志願だと話すと、谷崎潤一郎は日本で一番偉い作家や、彼が通ったバーが上筒井通にあったが、戦後、布引町に移ってきてまだあるはずやから、と勧められたのだと説明した。

その後、何かの折に父親を紹介してくれたことがあった。御堂筋側の曽根崎新地入口近くにあるコーヒーの「青山」で、父親が先に来て待っていて、私と彼女が入ってゆくと、あわてて立ち上がり、深々とお辞儀をした。

「娘が大変お世話になっております」

私は言葉を失って、ムニャムニャと自分でもわけの分からない言い訳めいた言葉を口にし、ペコペコお辞儀をくり返した。

別の日曜日のことだ。多分、南京町の「民生」の長い行列に並んでいたとき——「民生」の広東料理ランチコースは大人気だった——、彼女が、吉本や宝塚についての他愛もない雑談のさなかに、急に声をひそめ、真剣な表情になって、小説に集中するとしたら、一ヵ月どれくらいの生活費が必要か、とたずねてきた。

そのとき、私がどれくらいの金額を口にしたかは覚えていないが、彼女はわたしが一週間フルタイムで働けば食べてゆけるわ、といった。

世の中、そんなに甘くはないと私は思ったが、口には出さなかった。彼女の気持ちはうれしかった。

夏、甲子園に阪神―巨人戦をみに行ったことがある。ひどく暑い日だったことを覚えている。蔦の垂れ下がった球場正面ゲート付近で待ち合わせたら、彼女は買ったばかりの広いつばの、白い夏の帽子をかぶって現われ、それがよく似合っていて、とても愛らしいと思った。薄いピンクのリボンがついている。

念願のアルプススタンドは売切れで、レフトのフェンスから五列目あたりでがまんしなければならなかった。

名物のかちわりを食べながら、試合の始まるのを待つうち、照明灯がいっせいに点って、カクテル光線がグラウンド一杯にあふれた。

試合も中盤、阪神の選手が打ったホームランボールが、斜め前方の客席の角に当ってはね返り、こちらに飛んできた。それを彼女がとっさに両手を伸ばしてつかむ。試合はどちらが勝ったのか覚えていないが、終わると二人で選手通路近くまでおりて行き、たまたま通りかかった球団職員にわけを話すと、贔屓《ひいき》の選手のサインボールと交換してくれた。彼女の贔屓は藤田平《たいら》選手で、サインボールをぎゅっと胸に抱き締めるようにして喜んだ。

あの夜も「アカデミー」に寄ったんだろうか。それはどうか分からないが、たしかに「アカデミー」のカウンターで、彼女はこんなことをいった。

――子供のとき、遠足で六甲山に行ったことがあって、ケーブルカーで山頂まで登ったけれど、そこから反対側へ下る六甲有馬ロープウェイには乗らなかった。あのロープウェイに一度乗ってみたい。

じゃ来月、十日の土曜日に行ってみようか、と私はいった。有馬まで下って、金泉銀泉に入り、炭酸せんべいを買って……、というようなプランを提案した。

彼女は、温泉旅館にも泊ったことがないといった。

「バスタオルは用意してあるんやろか。自分で持ってくんやろか」

そのとき、まだ若かったマスターは、聞いていないふりで聞いているのが私には分かった。うつむいて、グラスを丁寧に磨いていたが、ふっと好意的な含み笑いを洩らしたからだ。

「アカデミー」を出て、北野の異人館にのぼって行った。人通りが絶えた坂道に、街灯だけがぽつんぽつんと点っている。イタリア館とうろこの家の前から天満神社に向かう暗くて狭い脇道を下っていると、背後にだれかがいて、近づいてくる気配がした。彼女の手を取ると、強く握り返してきた。

奇妙な足音だった。私は道のへりに寄り、息を詰めてふり返った。二頭のイノシシだった。一頭は大きく、一頭は小さい。

イノシシは私たちを完全に無視して、トコトコと道を下ってゆき、やがてみえなくなった。

「びっくりしたわ。たまに山から下りてくるらしいんよ。お父ちゃんは、昔はよう諏訪《すわ》山あたりの道で出くわしたて言《ゆ》うとったわ。あれは親子やわ、きっと」

その月の半ば、東京の文芸雑誌の編集部から、文芸誌の新人賞の最終選考に残っている、と電話があった。

その翌々週、受賞したとの連絡が入った。

私は授賞式に出席するため上京することになったが、式は六甲に行くと約束した前日の金曜日で、私はとりあえず六甲行きを延期しようと彼女に電話をした。

落胆したふうだったが、受賞と聞いて、やったァ、よかったね、兄ちゃん、と彼女は電話口で涙ぐんだ。

会社には親戚の結婚式のためと偽って休暇届を出して、上京した。出版社のホールでの式のあと、土曜と日曜を東京に滞在して、学生時代の友人たちが新宿の中華料理店で開いてくれた小さな祝いの会に出たり、親戚をたずねたりした。

その際、藤沢に住む母方の叔父に、これから小説家になれるかどうか、勝負するつもりなら東京に移り住んだらどうかと勧められた。ＩＴ企業の総務課にコネがあるから、昼間のうちの仕事を紹介してやろう。小説を書くのはどうせ夜だろうから。

私は迷ったものの、ここ一年か二年が作家としての道が開けるかどうかの勝負かもしれない、賭けてみようと思い定め、叔父に頭を下げた。

大阪に帰って、彼女にそれを告げると、驚いてショックを受けたようだったが、素振りにはみせないで、受賞のお祝いをあげるといって、亡くなった母親の形見の万年筆を取り出した。

それは一九五〇年代に作られた女もののパーカーで、ペン先は14金、ボディはくすんだオリーブ色をしている。母親が進駐軍から手に入れたものだ。

私はそれを受け取りながら、でも僕はボールペンしか使わないから、と言い添えた。

彼女はちょっとさびしそうに微笑んで言った。うん、知ってる、でも……

その万年筆はスポイトの部分がゴムで、かなり傷んでいたため、のちに神保町の金ペン堂でプラスチックに取り換えて使ってみると、驚くほど書き味がよかった。

私は彼女を説得した。筆一本で食べてゆける目途がついたら連絡する、そのときは東京に来てほしい、とりあえずこのチャンスを最大限に生かしたいのだ、と。

彼女はうなずいて、うん、待ってる、といった。

突然の転職、上京に伴ういくつかのゴタゴタも何とか切り抜け、一年半が経過した。

世はバブル景気の真っ盛り。新興のＩＴ産業は、時流に乗って倍々ゲームで売上げを伸ばしてゆく。私の勤める会社も、プログラマー、システムエンジニアの中途採用、四月の新卒者採用などで、社員数は六年前の創業時の十倍近い規模にふくらんでいた。

私は総務課・採用担当グループの一員に加えられ、大学、専門学校訪問や企業説明会の開催、新人研修の運営業務などに従事した。会社は有卦に入って活力にみちていたが、叔父が言ったとおり、大阪にいた頃より残業は格段に少なく、それなりに夜の執筆時間を確保することができた。その間、複数の文芸誌に短篇を発表して、その一つがメジャーな文学賞の候補作にもなった。

昼間の私の仕事ぶりもそれなりに評価されたのか、会社の関係先の部長から、父親が中小企業の経営者だという裕福な家庭に育った、明るくて屈託のない女性を紹介され、付き合いはじめた。

彼女は光と同い歳で、学生時代、ホッケーの選手だった。ある日、世田谷にある母校のグラウンドで行なわれた後輩の試合に連れてゆかれた。ホッケーの観戦ははじめての私に、丁寧に分かりやすくルールの解説をしてくれる。彼女はかつてミッドフィルダーとして鳴らし、関東大学一部リーグのベスト・イレブンに選ばれたこともあるらしい。母校は創部四十年の古豪だが、ここ数年低迷していて、この日は二部リーグ優勝チームとの入れ替え戦に臨んだのだった。しかし、声援むなしく四対五で敗れ、初の二部リーグ転落という屈辱を味わうことになる。

ピッチにおりて、泣き崩れる後輩たちの肩をたたいて激励した彼女は、スタンドにもどって来ると、明るい声で私に呼びかけた。

「さあ、アフリカン・ビートで景気をつけましょう」

彼女の運転するフォルクスワーゲンの黄色いカブト虫で、近くの世田谷美術館へ移動すると、ホールでアフリカのパーカッショングループの演奏を聴いた。

好奇心旺盛で、活動的な女性だった。大学は英文科だったが、ジェーン・オースチンもヴァージニア・ウルフも読んだことがない。

「スチーヴンソンが好き。『宝島』の料理番のジョン・シルヴァーが好き」

休日にはカブト虫を駆って、横浜や湘南へ、夏には下田の多々戸《たたど》浜で泳いだり、戸田《へだ》で秋の夕日を眺めた。

光は電話が苦手なほうだった。字はあまり上手くないが、とても読みやすい丁寧な字で、月に二、三度、手紙や葉書をくれた。

私は二年間、関西に足を向けることはなかった。

東京暮らし三年目のこと。彼女から、ずいぶん会ってないけれど、一度上京していいか、という内容の葉書が来た。

暮らしてみて分かったことがある。東京と関西との距離は予想外に大きいということだ。五百キロの距離、新幹線で三時間といえば、大した違いはなさそうに思えるが、それが錯覚のもとで、風土、文化、言葉などの違いを通じての体感差は相当なものがある。関西と東京の間には、ヨーロッパでいえば、ローマとアムステルダムほどの距離が存在する、とはある文化人類学者の説だが、大いにうなずける。

つまり、私はローマに光を残したまま、アムステルダムで別の女性にうつつを抜かしていたわけで、そのことにさほどの痛痒を感じなかったのも、このへんの事情に起因するのではないだろうか。

私は迷ったが、無下にNOとは言えず、それから二週間後の土曜日を指定し、東京駅の新幹線プラットフォームで待ち合わせようと約束した。

当時、私ははじめての長篇に取り組もうとしていて、そのため読んでおくべき若干の本を求めて、八重洲ブックセンターに先に立ち寄ることにした。一階フロアから二階、さらに五階へと本棚をたどっているうちに、ふっと時間が飛んでしまい、気がついて時計をみると、すでに「ひかり」の到着時間を二分過ぎている。

私は走った。自動販売機で入場券を求め、八重洲中央改札から入って、途中、太柱に掲示された到着時刻表で到着番線をたしかめると、階段を駆けのぼった。

残り八、九段というところで、二、三十メートル先のベンチに、彼女がすわっているのがみえた。私は立ち止まった。

残暑の厳しい九月半ばのことで、彼女は例のつばの広い白の帽子をかぶっている。

私は一瞥して、その帽子がやけにみすぼらしくて野暮ったいと思った。ピンクのリボンも少し褪せてしまったようだ。いまどき東京でこんなものをかぶっている女性はいない。彼女が着ている夏服も地味で、デザインも垢抜けないものに思えた。

そのとき、いきなり彼女が立ち上がったので、私を認めたのかと思ったが、そうではなく、再び同じシートに腰をおろした。

五、六秒のち、再び立ち上がった。私はとっさに階段を一段おり、さらに壁側へと移動した。次の列車が到着して混雑するプラットフォームで、彼女は慌ただしく行き交うひとびとの顔を覗き込むようにしている。ボストンバッグを置いたままベンチから離れて、心配そうに一人の男に二、三歩ついてゆく。神戸ではあんなに伸びやかでいきいきしていた動きが、いまはなかった。おどおどし、途方に暮れたまなざしが、私を捜して空しく宙を掻く。まるで言葉の通じない世界に迷い込んでしまった小さな旅人のように。

なぜ彼女はやってきたんだ。

……このまちはきみが生きてゆけるような世界ではないんだ。不遜と喪失の悲しみ、わけの分からない怒りの入りまじった感情に衝き動かされて、私は呼びかけた。

彼女が再び膝の上にバッグをのせてシートに腰をおろしたとき、私は反射的にうしろを向いて、階段をおりた。そして、中程の踊り場に立ち尽くし、しばらく逡巡したあと、八重洲の改札口から外に出てしまった。

その後どうなったかは思い出せない。彼女からは音信不通になり、私も努めてその件は忘れようとし、そして忘れた。私はその後、長篇小説を仕上げ、東京の女性と結婚し、会社を辞め、新聞連載小説もはじまって生活も安定した。

震災があった。

死者は、……わたしを数えないで、と言うだろうが、西宮市一一二六人、芦屋市四四三人、東灘区一四六九人、灘区九三二人、中央区二四三人、兵庫区五五四人、長田区九二〇人……

4

私は「アカデミー」で飲み過ぎたのかもしれない。少し悪酔いして、深夜、ホテルにもどった。

翌日、昼前、妻がやってきた。市立博物館で薩摩切子をみたい、小磯良平のアトリエも、そして、できれば芦屋まで足をのばして小出楢重の記念館も、というが、美術にそれほど興味や関心があるわけではない。

私は、旧居留地のイーエイチバンクでのランチのあと、六甲へ行ってみないかと提案した。ケーブルカーで山頂までのぼって、ロープウェイに乗り換えて有馬に向かう。金泉銀泉に入って一泊する。

妻は、そうしましょうか、とあっさり同意した。

ランチのあとタクシーを拾い、運転手に、六甲ケーブル下駅まで、と告げる。

「ほな、山麓道で行きまひょか」

私は黙ってうなずく。

車はフラワーロードに出て三ノ宮のＪＲ・阪急のガードをくぐり、30号・税関通りを北上する。新神戸駅前、熊内《くもち》町、上筒井通を過ぎ、王子動物園の西南角から山側に折れて山麓道に入った。

六甲山系の山麓を尾根筋と平行して、ひたすら東に向かって走るのだ。窓の右手に、トウカエデやプラタナスの街路樹と建物の間から、大型船を浮かべたのどかな海が、ひっきりなしに現われては消え、消えては現われる。動いてゆく私の目に、海と船の残像がひとつらなりにつながって、それらがまるで映画のように展開した。

信号機が交差点名を表示する。妻がそれを楽しそうに声に出して読む。

「神戸高前。……摩耶ケーブル前。あら、摩耶にもケーブルがあるのね」

「地震で大きな岩が転がってきよって、やられよりましてな、いまは動いとりません」

……五毛《ごもう》天神東、護国神社前、篠原本町《しのはらほんまち》。私はちょっと得意気に口を挟んだ。

「篠原本町。山口組の本部があるんだよ」

妻は、まあ、と声を上げた。

「すごいお屋敷町にあるのね」

「旦《だん》さん、お詳しいですな」

余計なことをいったかな、と私は唇を嚙んだ。

タクシーは六甲登山口交差点で左に折れ、六甲川ぞいの曲りくねった急坂を駆けのぼり、やがてヒュッテふうの駅舎の六甲ケーブル下駅に到着した。

山上から二両編成のケーブルカーが下りてきた。前車両は赤、後車両は緑に塗り分けられている。赤い車両は窓ガラスのはまっていないトロッコ型で、私と妻は、他の八人の乗客と共に赤いほうに乗り込んだ。当然、登りの場合は後車両に変わる。

発車した。快い微風が吹き抜けてゆく。登るにつれ、眼下に広がってゆく神戸のまちと港の眺望に歓声が上がる。八人は台北から来た観光客だった。

複雑に入り組んだ支脈の尾根下に穿たれた長いトンネルをくぐり、深い沢に架かった三十度傾斜の鉄橋を渡る。真ん中で、まるで何十年ぶりかで出会う旧友のように、下りケーブルカーとすれ違った。

六甲山上駅で、黄色いゴンドラの有馬ロープウェイに乗り換える。このとき、なぜか台湾人グループが四人になっていた。

山上駅から山頂カンツリー駅まで、ゴンドラは、尾根の二十メートルほど上空を東に向かって、ほぼ水平に移動する。

途中の天狗岩駅で、鋼索《ロープ》は七十度近い角度で真北に方向を転じる。この瞬間、視界に飛び込んできた眺望は、妻を大いに喜ばせた。神戸、芦屋、西宮、尼崎はもちろん、大阪のまちが生駒山の麓まで、さらに大阪湾のすべて、明石海峡大橋、淡路島、紀淡海峡から和歌山の山脈《やまなみ》までを一望することができた。

山頂カンツリー駅に着く。ここまでが表六甲で、ここから有馬までが裏六甲になる。高低差四四一・三メートルを、全長二七六四・二メートルの鋼索にぶら下がって下るのだ。

「ねえ、どうして六甲というの？」

妻の質問に私は答えることができない。

ゴンドラがいきなり武者震いするように大きく揺れて、ぐいっと宙に乗り出す。妻が私に体を寄せてきた。

裏六甲は、鋭く截り立った尾根が縦横に走って、山麓に無数の岩地と崖をめぐらしている。斜面には橅《ぶな》、楓《かえで》、栂《つが》などが鬱蒼と茂り、岩の上で、風雪に耐えて数百年を生きてきた赤松の樹林が、何かを私に語りかけるような捩れた姿を晒していた。

有馬の温泉街は山懐《やまふところ》に隠れてまだみえず、遠くに三田《さんだ》から篠山《ささやま》へとつづく丘陵地が、明るくのびやかに、煙るように浮かんでいた。

スピーカーから案内嬢の録音された声が流れる。

「みなさま、どうかこわがらずに真下をご覧下さい。湯槽谷《ゆぶね》でございます。垂直に截り立った崖の高さは五十三メートルあります。神功皇后が朝鮮から帰って、六個のかぶとを埋めたという伝説に由来する六甲山地、その中で最も深い谷がこの湯槽谷でございます」

日は高く、風は暖かで、きれぎれに鳥の声が聞こえ、花はないけれど、楓や樫、櫟などの紅葉黄葉がどこまでも重なって影をつくっていた。

「素晴らしい紅葉ね。ほら、もみじともみじのあいだにかわいい滝が！」

妻はすっかり裏六甲の風景に魅了されている。そのようすをみていた私は、若い女性がこのように興奮して、眼下の景色に見入っているのをかつて目撃したことがあると思った。

次の瞬間、夏帽子をかぶって、東京駅のプラットフォームのベンチに落ち着かないようすですわっていた彼女の姿が思い浮かんで、私は何ともいえない強い感情に衝き動かされた。

それはあまりにも痛切だったため、思わず顔をしかめ、唇を歪めた。

——私は約束を果たすべきだった。あんなに楽しみにしていたのに……、取り返しのつかないことをしたという思いに駆られて、私は、目の前に立って、ゴンドラの中から風景に見入っている女性に、あやまらなければならないとさえ思った。

しかし、妻は夫の変化には全く気づかない。

彼女がとつぜん、眼下、湯槽谷の向こう斜面の木立を指さした。

「ねえ、みて。あそこにイノシシの親子がいる」

私は妻が差し示した先をみようとしたが、目が潤んで、そこに何がいるのか見定めることができなかった。

天気

1

横浜・保土ヶ谷にある自宅から妻の運転する車で環状二号線を新横浜駅に向かっていた。環状二号線は鶴見と磯子間を結ぶ新しい市道で、数年前に開通した。おかげで新横浜駅がうんと近くなり、混んでさえいなければ、二十分ほどしかかからない。この日は朝の通勤時間帯の終わりのほうで、一部で信号渋滞はあったものの、新幹線の時間に焦るほどではなかった。

「名古屋からの特急は何と言ったかしら」

不意に妻がたずねた。

「『ワイドビュー南紀』だよ」

「あら、『くろしお』じゃないのね」

「あれは大阪から出ている特急。京都発と新大阪発の二つがある」

私がこれから向かおうとしている土地、Gというまちは紀伊半島南端部の東寄りにあり、Gに向けて大阪と名古屋からそれぞれ特急列車が走っている。

紀伊半島は本州からほぼ真南に突き出した日本最大の半島で、和歌山県全域、奈良県、三重県それぞれのほぼ南半分がすっぽり入ってしまう。ちなみに、沖縄本島を除く日本最大の島は佐渡ヶ島だが、これは新潟県の一部に過ぎない。

半島をめぐる鉄道を紀勢本線と呼ぶ。全線が開通したのは昭和三十四（一九五九）年七月、私が九歳の時だった。提灯行列が行なわれたのを覚えている。

大阪からは「スーパーくろしお」と「オーシャンアロー」の二つの特急が一日に七本、名古屋からは四本の「ワイドビュー南紀」が運行されている。

だが、本数こそ少ないが、名古屋での乗継ぎさえスムーズなら、東京・横浜からGまで、大阪回りより二時間近く節約できる。いまどきの二時間はただの節約ではない。

「名古屋では何分待ちなのかしら」

「十分かそこらだったと思う。ちょうどいいね」

Gでの講演は午後二時からだった。前日にG入りできればよかったのだが、どうしてもやりくりがつかなかった。

私は腕時計をみた。針は八時四十七分を指している。車の流れは順調で、すでにプリンスホテルの円柱型タワービルを前方間近に捉えていた。このぶんなら、あと五分ほどで駅に着くだろう。「のぞみ」の発車時刻は九時十九分だ。

九時十九分、とつぶやいたとき、ふいに私の脳の片隅に小さな亀裂のようなものが走った。

慌てて、時間について考える。

二時からの講演に間に合うために、私自身が入念に時刻表とにらめっこしながら立てたスケジュールを逆向きにたどり直してみた。

——十三時二十七分、「ワイドビュー南紀3号」G駅到着、九時五十八分、「ワイドビュー南紀」名古屋発車、九時四十三分、「のぞみ207号」名古屋到着、九時十九分、「のぞみ」新横浜発車……。

私は青ざめた。そんな馬鹿な！「のぞみ」が新横浜—名古屋間をたったの二十四分で走れるはずがない。

「しまったぞ」

慌てて上着の内ポケットをまさぐる。

「どうしたの」

妻がふり向いた。

取り出したチケットは十日前、最寄りのＪＲ東戸塚駅で購入したものだ。

眺めて、呻き声を上げた。

五月二十一日、「のぞみ207号」新横浜発八時十九分、名古屋着九時四十三分。チケットは日付も時間も正しく購入されていた。ただ私の記憶の中で、いつのまにか「八時十九分」が「九時十九分」にすり替わっていたのである。その理由《わけ》は分からない。十日間のあいだに、どこかで、記憶をレールにたとえるなら、ポイントが間違って切り替えられた。

まあ、と妻はハンドルを右手で軽く叩いた。

講演会はGの教育委員会と市立図書館の共催で、市立図書館ホールで開かれ、二百名近い聴講者が予定されていた。私はそこで、G出身で詩人・小説家として名高い大正期の文豪について、一時間半ばかり話すつもりである。ちょうど没後四十年に当たる。

名古屋発九時五十八分の「ワイドビュー南紀」を逃したら、次は十二時五十八分で、G駅着十六時二十二分になる。何ということだ!

車が新横浜駅に着き、私がドアを閉めようとすると、妻が言った。

「気をつけてね。でも、あなたの数値が心配だわ」

私は切符売場にとび込んだ。事情を話すと、駅員はそのまま九時十九分の「のぞみ215号」に乗るようアドバイスしてくれる。グリーン席だから空席があるだろう。車掌にわけを話して、切り替えてもらって下さい。乗継ぎについても相談するといい。

プラットフォームに駆け上がると、先ず主催の担当者に携帯電話を入れた。相手が一瞬、息を呑み、絶句する気配が伝わる。

「何とか間に合う方法はないでしょうか」

と私は問いかける。

相手は、十五分後に電話します、と言った。

私はキオスクで「時刻表」を買った。索引地図を開き、名古屋からGまでの列車運行ページを捜し、該当ページをもどかしげに繰るうちに「のぞみ」が到着した。乗り込み、空席をみつけるとボストンバッグを網棚に乗せ、スーツの上衣を掛け、すわった。再び時刻表を広げたが、事態は絶望的だ。特急以外に名古屋とGを結ぶ列車はない。

検札に来た若い女性車掌はすぐにチケットに変更スタンプを押してくれた。彼女に相談しても埒の明くわけもなく、Gからの連絡を待つことにして、時刻表をぼんやり眺めつづける。

特急「ワイドビュー南紀」は、海まで迫る峻険な山岳とリアス式海岸からなる半島を最短距離でGに到達するため、三つの路線を組み合わせて走る。

そもそも紀勢本線は、亀山駅を起点として、半島をぐるりと半周して和歌山駅に至る。名古屋には通じていない。

名古屋を出発した「ワイドビュー南紀」がまず走るのは関西本線のレールである。桑名、四日市と停車して、河原田という小駅で関西本線と別れ、第三セクターの伊勢鉄道のレールに入って津駅まで行く。津でようやく紀勢本線の列車となって、松阪、多気、三瀬谷、紀伊長島、尾鷲《おわせ》と停車しながら南下して行く。

時間を度外視して、もし普通列車を利用するとすれば三つの方法が考えられるが、いずれも五、六時間を覚悟しなければならない。

私はためいきをつき、Gからの連絡を待って、テーブルにマナーモードにして置いた携帯電話をみつめる。

新丹那トンネルを出たところで、電話器が震えた。

「立花先生は名古屋に十時四十三分に着かれますね。十時五十分の近鉄の特急に乗って、松阪まで来て下さい。乗り替時間は七分しかありません。特急は松阪に十一時五十七分に着きます。車でお迎えに上がります。改札を出たら西口の階段を降りて、広場に出て下さい。噴水がありますす」

「間に合いますか」

「さあ……、しかし、これしか方法がありません」

私は瞬時に計算した。松阪からGまで、一部は高速道路を走るとはいえ、数え切れないほどのトンネルと橋からなる深い山間の道と曲がりくねった狭い海岸道の百五十キロを二時間弱で駆け抜けるつもりなのだ。

じたばたしても始まらない。ワゴン販売を呼び止めて、サンドウィッチとコーヒーを求め、講演原稿のチェックを始めた。

講演は苦手だ。とても気が重い。しかも、今、陥っている状況は、私自身の失態から生じたものであるから、余計気が重く、苛立ちも募る。

窓の外に、浜名湖が広がっている。五月の空は爽やかに晴れ上がっていた。

空はなぜ青いのか、雲はなぜ白いのか？

ふいにとび出してきた問いかけに驚き、かつ、その子供っぽい疑問に正確に答えられないのを苦々しく思いつつ、膝の上の講演原稿に視線を戻した。

苦手な講演を引き受けたのは、以前からいつかGを再訪し、ある人物に会って話を聞くという計画があり、それを実現するには、講演会を主催する市立図書館館長の榎本氏の協力を得なければならないという事情があったからだ。

「のぞみ」が名古屋に到着する。近鉄名古屋駅までの五百メートルを走った。これほど必死の思いで走ったのは何年ぶりのことだろう。辛うじて間に合った。携帯が震えた。

「間に合いましたか」

走行中の車の中からららしい声が飛び込んできた。私は息を切らしながら答えた。

「間に合いました」

「よかった。僕もいま松阪に向かっています」

声は若くて、先程来の担当者と別の人物のようだ。

私は窓から空ばかりみていた。ちぎれ雲が飛んでいる。私は、空はなぜ青いのか、雲はなぜ白いのか、とつぶやき、会場は図書館のホールだから、講演が終わったらまず閲覧室へ行って調べてみることにする。些細な思いつきだが、私の苛立ちをそれなりに柔らげる効果はあった。

松阪駅前広場にグレーのセルシオが停まっていて、がっしりした中背の青年が車の前で手を振った。

青年は後部座席をすすめたが、私は助手席を望んだ。こんな状況で、うしろでふんぞり返ってなどいられない。青年は雑賀《さいか》と名乗った。

「雑賀一族ですか」

「まあ、そうです」

「紀南にはめずらしい姓ですね」

「ええ。父は和歌山市の出身なんです」

雑賀はいまの和歌山市の地名の一つで、そこに住む雑賀一族は戦国時代、鉄砲組を中心とする強力な軍事力を持ち、石山本願寺と結んで織田信長、豊臣秀吉と戦った。

「いい車ですね」

「父の車です」

父子で建築設計事務所をやっている、と雑賀青年は言った。今回の講演会の共催に名前を連ねている青年会議所のメンバーで、広報を担当している。

運転ぶりは正確で安定しており、走行も静かだ。伊勢自動車道に入ると、速度計は時速百三十キロを標示したが、運転ぶりは変わらない。徹底的に無駄を削ぎ落したハンドル捌きだ。前方にとらえた車は、まるで狩人のように決して逃すことなく、あざやかに追い抜いて行く。主催者側は、緊急事態に、しっかりした運転のできる人間を寄こしたのだ。

問われたら答えるという彼の応対だが、運転と同じように話しぶりも穏かだし、沈黙の時間も決して相手に気詰まりな思いを起こさせないような雰囲気を持っている。

多気で伊勢自動車道と別れ、紀勢自動車道に入った。トンネルに次ぐトンネルである。トンネルとトンネルをつなぐのは深い谷に架けられたトラス橋で、右手には新緑に輝く峨々とした大台ヶ原の千五百メートル級の山なみが展開する。大きな、速く動く雲が急斜面に影を落してゆく。

「Gは何年ぶりですか」

「十年……、ぶりかな」

「何か音楽、つけましょうか」

ハンドルを握りながら助手席の前のCDケースを左手で開け、前方を向いたままCDプレーヤーのスロットにディスクを差し込む。ベートーヴェンの「ピアノ・ソナタ」が流れる。

「十一番ですね。演奏は……」

「グルダです」

紀勢自動車道が尽き、一般道におりた。旧街道が拡幅されてそのまま国道になった。油断のならない七曲りの谷筋道である。

やがて左手に、松阪以来、はじめての海を捉えた。

海面からの照り返しを窓一杯に浴びた瞬間だった。その時、私は、過去にもこうしてGへの道をたどったことがある、という考えに捉えられた。それも、名古屋で新幹線をおり、近鉄特急で松阪へ、松阪から迎えの車でGへという手筈もそっくり同じなのだ。

その考えは薄れるどころか、ますます強まってゆく。それなのに思い出せない。これはデジャ・ヴュに過ぎないのだろうか。いま体験していることに対する知覚の一瞬の遅れ、いわば感覚と意識のダブルフォーカス。

しばらく小島ばかりのリアス式の海岸沿いを走って、再び山間部に入ると、私はまたしてもあの感覚を味わった。

「矢《や》ノ川峠《こ》です。これを越えるともう平坦な海岸沿いの直線の道ですから」

雑賀青年はほっとしたように言った。

「いま一時二十分ですから、何とか間に合います」

雑賀青年はGへ電話を入れて、現在地を報告する。

「雑賀さん、ありがとう。生きた心地もなかったんですよ。いいえ、あなたの運転じゃなくて……、運転はすばらしかった」

雑賀青年がいたずらっぽい笑顔を向けて来た。

「僕も必死でしたよ」

私はもう一度、先程の感覚を確めようと窓外の景色に視線を放った。谷の斜面をウルシや楓の若葉が埋め尽くしている。……あの時は、確か紅葉があざやかだったような気がする。ならば秋だったのか。そうすると、この感覚はデジャ・ヴュではない。間違いなく以前、同じ手筈でGへ向かったことがあるのだ。いったいいつのことなのか。

私たちは遂にG川を眼下に捉えた。川が県境だ。

「やったァ!」

同時に声を上げた。G川大橋を渡って、Gのまちに入る。

図書館の玄関前に二十人ばかりが並んでいる。一時五十五分だった。私が車から降りると拍手が起きた。会場でもまた私は拍手で迎えられた。居心地の悪さといったら、これ以上ない。

肝腎の講演もどうやら無事切り抜けた。冒頭に、新横浜からGにたどり着くまでのドタバタぶりを振ったのが効を奏した。雑賀青年のカーチェイスばりの運転に対する賛辞も忘れない。聴衆から笑いが起こった。これで私の緊張もほぐれて、いい雰囲気が会場に生まれた。

夕刻、主催者側による宴席があって、そのあと二次会へ、さらに雑賀青年にカラオケ・スナックに誘われた。

「先生の歌を聴きたいと若い連中が待ってます」

私は歌わないが、彼の誘いとあっては断われない。私は無理矢理一曲うたわされた。お開きとなって、外に出ると、みんなで空を見上げ、明日の天気の話をして別れた。

ホテルに戻って、シャワーを浴び、ベッドに入った時はもう十二時を回っていた。私は空はなぜ青いのか、雲はなぜ白いのかを図書館で調べるのを忘れたことを思い出した。明日、いやもうきょうか、まず最初にやることはそれだ、とつぶやきながら目をつむる。

寝入りばなに、あの経験——同じ手筈で、この道を来たことがある——の真実が閃いた。死んでゆく人は、その瞬間、彼の生涯の全貌を、彼の人生の意味をつかまえるという。それに似て、私のそれは、ただちにやってきた睡魔によって運び去られてしまった。

2

翌日、朝早く起きてG川右岸の堤道を河口に背を向けて歩いた。よく晴れて、川面は光を照り返し、上流はるかに広がった重畳する峰々の上空には一片の雲もみられなかった。川がカーブして、迫り出した断崖で堤道が尽きると、踵を返して、今度は河口に向かって同じ道をたどる。海上の空には真っ白な積乱雲が湧き上がっていた。河心のあたりで、鯔《いな》の群れが銀鱗をきらめかせて周遊している。空気は澄明で、美しい朝だった。

やがて堤道は河口に突き出したGの城跡の石垣に変わる。船着き場の大規模な雁木が残っていて、かつてここに水軍が集結した姿を偲ぶことができる。城は三層の本丸、西に並立する鐘の丸、二の丸、一段下の松の丸で構成された海城だったが、明治維新で天主閣（その美しさから丹鶴城と呼ばれた）を含むすべての建物、塀が町民によって破壊され、いまは石垣しか残っていない。

対岸に、各駅停車のディーゼルカーが現われ、鉄橋を渡りはじめる。松阪発の三番列車だ。まっすぐ伸びて、橙色の六両編成の車両に鉄のトラスの影が網目模様を描く。

小さい頃、大鉄橋を渡る汽車をみるために、私はわざわざ隣町のRから自転車で遠征してきて、この河口のほとりに立ったものだ。

たのしみはそれだけではない。鉄橋は直接、城山の下のトンネルとつながっているから、列車に乗っていると、ひとつの車両の中で、トンネルの中と水の上にいるというめったにない経験を味わうことができた。

トンネルは、天主閣のあった丘を貫いている。かつて、天主閣跡には大きな旅館が建っていて、深夜、宿泊客は時ならぬ揺れに、地震か、と驚いて、とび起きる。下のトンネルを夜行の貨物列車が通っているのだと聞くと、安心して、なかにはその震動をたのしみにやって来るという物好きな客もいた。かくいう私も、昔、父にせがんだことがあるが、一笑に付されてしまった。

城跡に旅館が建てられたのは昭和二十六年（一九五一）で、宿泊客送迎用のケーブルカーまであった。宿泊客だけでなく、展望台の利用客も片道三十円で頂上まで運んだ。これは地方鉄道法にもとづくれっきとした鋼索鉄道で、駅間距離八十八メートル、レール距離七十二メートルと日本で一番短い鉄道で、時刻表もあった。もちろん、私は何度も乗りに来た。昭和五十五年の春、旅館の閉鎖と鋼索鉄道の運転休止が決まった。しかし、この年、美智子皇太子妃が南紀を訪問され、数時間、Gに立ち寄り、城跡からG川と太平洋を展望されることになった。そこで、ケーブルカーは急いで整備され、この日一回限りの運転で、妃殿下をお乗せするという光栄に浴したのである。

私は、船着場跡から両側に楠の大木の茂る坂道を登り、天主閣跡かつ旅館跡に立って、Gのまち並と河口のパノラマをたのしんだ。

今日、会わなければならない人物との約束は午後一時だった。それまでの時間を、十年ぶりのGを歩き回ってつぶすつもりだった。旨い鰻屋がある。昼食がたのしみだ。最終の名古屋行特急は、G駅発十七時二十八分で、それに乗れば今日のうちに横浜の自宅に戻れるはずだ。私は、チケットの時刻を何度も確めた。

運動会か何かがあるのだろう、どこかで花火の音がポンポンと耳に快くひびいて、青っぽい煙のかたまりがいくつもまちの上を流れてゆく。陽気な日曜日になりそうだった。

川とは反対側に、街中へとつづく坂道を下ってゆくと、ウォーキングやジョギングの人たちの中に、昨日の講演を聞いた人たちもいて、声を掛けてくる。私も挨拶を返す。

そぞろ歩くうちに日差しが灼けつくようになって、ハンカチでひたいの汗を何度も拭かなければならなかった。図書館の開く時間が近づいている。私は太陽を背に西へ向かった。

図書館長の榎本氏は出勤してきたばかりだったが、機嫌よく館長室に私を招じ入れ、きのうの講演とカーチェイスにねぎらいの言葉を掛けたあと、

「新聞連載はいつからですか」

とたずねた。

「さ来年の春の予定です」

「随分早くから決まっているもんなんですな」

「そうですね。資料調べや現地取材などはそう慌てる必要はないんですが、人と会って話を聞いておかなければならない場合は、早目早目と進めておかなければならない……」

「そうですか、なるほど。相手の方が亡くなったりすることもあるでしょうからな。加瀬様はもう八十を過ぎられましたし……」

私はうなずいた。

「一時にお邸へ、という手筈になっています。立花先生がご要望の家系図は、用意しておくとおっしゃられています」

「ありがとうございます」

「あと、どこか取材される予定ですか」

「特にありませんが、時間の許すかぎり、街中を歩いてみようと思います」

「日和りで何よりですな。ところで、Rのほうは、いまどなたが？」

館長が隣町Rにある私の生家について触れてきた。私はちょっと身を固くして、

「家はそのままですが、もう誰も住んでおりません」

「そうですか。お父上のご健在の頃、一度お邪魔したことがあります。ご立派なお屋敷でした。全体がヤマモモとタブノキの林にすっぽり囲まれていて！」

館長室を辞すと、青少年閲覧室と表示のある部屋に入り、書架をめぐって、「気候・天気」のコーナーからカラー版の美しい表紙の図鑑を抜き出した。書見台に運んで広げ、まず目次にざっと目を通す。

「太陽の光は何色なの？」からはじまって、「ヒートアイランド現象ってなに？」まで、およそ三十項目の子供の質問が並んでいる。

私の知りたい項目もあった。「昼間の空はなぜ青いの？　夕焼けはどうして赤いの？」そして、「雲はどうやってできるの？　雲に色がついているのはなぜ？」

知らないことばかりだった。私は、原因や仕組みを知らないまま、小説やその他の文章の中で、自然現象について、光や風や雲や雨について描写してきたのだ。だからといって、これか

ら書く私の文章に変化はないだろう。だが、やはりそれは違うものになるはずだ。

図書館を出て、まちの目抜き通りを歩いた。日曜だというのに、人通りもまばらで、三軒に一軒はシャッターを降ろしたままだ。

Gは、江戸時代から木材と木炭で栄えたまちで、石高は三万五千石と小藩だが、豊かだった。それは明治、大正、昭和初期と変わることなく続いてきた。太平洋戦争は何とか凌いだが、昭和二十一年十二月二十一日に襲った南海大地震によって起きた火災で、市街の大半が灰燼に帰した。

ここ三十年来、安価な外国産木材の席巻、新建材の登場などで林業、製材業は衰退の一途をたどっている。おまけに海岸の埋立地に進出してきた大手スーパーを中心とする総合買物センターに客をごっそり奪われて、昔からの商店街からは人通りが消えた。もう二度と戻らない。

私はさびれ切ったかつての目抜き通りから国道へ出て、しばらく北に向かって歩いたあと、昼食にはまだ少し早かったが、古くからある鰻屋をめざした。路地を曲ったとたん、遠くから香ばしい蒲焼きの匂いがとび込んできて、自然と私は急ぎ足になった。

鰻を満喫したあと、酒を飲んだわけでもないのに、ふらふらと吸い込まれるように古い神社の朱塗りの大鳥居をくぐっていた。

参道の石畳をわざと避けて、脇の砂利道を歩く。きれいに粒の揃った砂利の軋むひびきが耳に快い。やがて、参道は直角の鉤の手に曲ると、遠くに朱塗りの壮麗な社殿の連なりが現れた。

そのとき、ふと、私は視線を社殿から左のほうへ向けた。

大きな樹木があった。この神社の神木とされている梛《なぎ》の木である。高さ約十八メートル、幹周り四メートルと案内板に書かれている。昔、父に連れられて来たとき、父が背伸びして葉っぱを一枚ちぎって、お守りだよ、と手渡してくれたことがあった。私はそれを紙に包んでしばらく持っていたが、そのあとどこへやったのか覚えていない。

私は父にならって、葉をいっぱいに繁らせている一本の枝に向かって手を差し伸ばした。震える一枚の葉に指先が触れたとたん、昨夜、寝入りばなに閃光のように浮かんで、たちまち眠りの中に吸い込まれて消えてしまった啓示、私の意識の暗闇の底で、錨のように引き揚げられるのを待っていた何かが、一気に閾を越えて、姿を現わしたのだ。

3

〈私〉はG出身の若い作家の案内で、四十年ぶりに紀伊半島を訪れる。

昭和十一年、二・二六事件のあった年、〈私〉は二十六歳だった。ひどい不況の時代だった。勤めていた雑誌社が倒産し、臨時採用で再就職した新聞社も過労と不眠症で倒れて、解雇された。ようやく健康を取り戻した〈私〉は、ひょんなことから酒の醸造元の招待旅行にまぎれ込んで、紀伊半島に向かう。

東京駅を夜行で出発して、翌日夕、紀勢西線で白浜に着く。夕食後、宿を抜け出し、日本一白いといわれる砂浜が夜の底からほうっと弓なりに宙に浮かび上がるなかを、はずれまで歩いたあと、カフェの女給に呼び込まれる。

「早うし」

といって、女は割った着物の裾をさらにひらいて、太腿をみせた。

翌日、ハイヤで延々、山間の道を走ってGに到着すると、夜、同行の老人に誘われて遊廓に上る。女がソファの肘掛けを枕に、
身体を上向きに横たえてから、片手で顔をかくしながら紅い長襦袢の裾をひろげて、覆うもののなくなった胯間を大きく左右にひらいたまましばらくじっとしていた。白く太い二本の道が左右からゆき合ったところに黒い森があった。そして、その森の奥が電燈に照らし出されていた。

翌日、汽車で大阪に戻ると、〈私〉はこれまでの流れに自然に身を委ねるようにして、道頓堀界隈の私娼窟に迷い込む。

一軒の娼家に入り、二階の部屋で女を待つ。

やがて現われた女は色白で、ツルと名乗った。彼女の肌の白さは、〈私〉に白浜の夜の底にみた砂のほの白さを思い出させる。

〈私〉は時間を延長して、再び女を抱く。


さまざまな場所で多くの女と肌を合わせても、その女の場合ほど自身の肉体にぴったり合うという感触を得たことはなかった。やわらかくて、なんの抵抗も感じさせない、そのくせ、深く吸い込んだ。


〈私〉がさらにもう一度、延長しようとすると、女の顔に俄かに険しい表情が浮かぶ。

「あかん。そんなことしたら、あかん」

どうしていけないんだときくと、女は、一時間を二時間、二時間を三時間に延長した男は、病みつきになって毎日来るようになる。そうやって破滅していった男が六人もいる。

「……男はんのせいやない。あての身体がそうなんや」

もう来たらあかんよ、あんた、前途のあるお方やないの、と言っているうちに、女の瞳の大きな目にみるみる涙がたまって、ついにあふれ出たのだった。

——その四十年後、〈私〉は若い作家間淵宏の案内でGを再訪する。神社の境内に大きな梛の神木がある。梛の葉は縦に一本、主脈が通っているきりで、両側に伸びる葉脈がないから、縦にまっすぐ裂ける。

間淵がとび上がって梛の葉を一枚もぎ取り、爪を立てて最初に一本の裂けめをつくってみせたとき、〈私〉は女陰を連想した。

〈私〉は、昭和十一年秋のあの紀州旅行は、その梛の葉——女陰から女陰をたずね歩いた旅にほかならなかったと気づくのだ。屈託を抱えた、ダンテならぬ〈私〉の、冥府への旅、再生の旅だった、と。

私が講演会の夜、寝入りばなに一瞬鳥瞰し、たちまち見失なった啓示とは、一篇の物語だった。

それがどの小説にもとづいたものであったかはのちに判明する。野口冨士男の「なぎの葉考」(初出「文學界」昭和五十四年九月号)である。それをここに要約してみた。

私は多分、この作品を四十代の半ばに読んだ。

「なぎの葉考」の語り手・主人公は、案内係の若い小説家間淵宏と東京駅の八重洲口で待ち合わせ、新幹線の「ひかり」を名古屋で近鉄に乗り換えて松阪まで行き、松阪で出迎えた間淵の友人の運転する車でGへと向かった。

南紀は、さすがに暖かい。

翌日からは十二月だというのに、しばらく平野部を走って山また山の荷阪峠へ入るとウルシなどの紅葉があざやかで、峠を越えるとまもなく左手の前方に小島の多い熊野灘の海岸がみえてくる。


私を襲ったデジャ・ヴュは、疾走する車と窓外に展開する風景によって、無意識裡に潜んでいた物語の記憶が引き揚げられ、喚起された風景と重なったことによるものだった。


白良《しらら》浜の砂はたしかに日本一白い。

漢字の「白」の象形は、頭顱《とうろ》の形で、その白骨化したもの、されこうべからである。中国では葬式を白事《はくじ》と書く。

文字＝漢字が入ってくるまで、当然のことだが、シララノハマを表記する文字はなかった。私の半島の祖先の人々は、ただ「シララノハマ」と呼んでいたのだ。

シラ、あるいはシララとは、白色の意味を表わしているに過ぎないのだろうか。

——沖縄など南島の稲魂・産屋《うぶや》を意味するシラ、アイヌの神シラル・カムイ、ジャワ語の光線を意味するシラ、サモア語では稲妻、シベリア、フィンランド語、蒙古語、トルコ語、スメル語……、エスキモー・シャーマニズムでは、〈シラ〉とは世界、天候、地上のあらゆる生命を支える大いなる精霊を指す。

これらはみなＳＩＲの語幹を持つ。

聖なるシラが降臨する場所《トポス》としての、シラノハマ＝白良浜。

「もう来たらあかんよ。ほんまに、来イへんな」

長い睫毛がめくれあがった、瞳の大きな眼にみるみる涙をあふれさせながら言った、桜色の細長い爪をもった大阪の色白な女を私は忘れないが、彼女と逢うことになったきっかけも、白浜の夜の底にみた砂浜のほの白さにあったのではなかろうか。

4

私の旅はまだ終わっていない。

これから向かうのは、かつてのＧ藩藩主加瀬家十三代当主加瀬伯彦《のりひこ》邸である。

私の今度の新聞連載小説は、Ｇという小藩の藩主一族が、幕末から明治維新、日清・日露戦争、日支事変から太平洋戦争、そしてアメリカ占領下をどのように生き抜いてきたかを描く。

興味深いエピソードには事欠かない。

例えば第九代加瀬忠央《ただなか》は、剛気・奇才の藩主として知られている。G藩は三万五千石の小藩だが、実質十万石に匹敵するといわれた。江戸の木材需要の三割は紀州材でまかなわれたが、G藩の扱いはその九割方を占め、さらに江戸の木炭相場も紀州炭が左右した。それに捕鯨が加わって、G藩の羽振りはよかった。井伊直弼が大老職に就くための裏面工作資金の大半を、忠央が提供したといわれる。

彼は六尺七寸の巨漢で、城内と江戸藩邸内に土俵をつくり、相撲を取った。フランス軍人をGに招聘して、フランス式騎馬調練で藩兵を編成し、三本マストの洋式軍艦を建造したが、この軍艦、進水式で沖合いに出ないうちに突風をくらって横倒しになってしまう。

「桜田門外の変」で井伊が暗殺されたあと、忠央は幕府から謹慎の命を受け、追われるように江戸を去り、Gに隠居・蟄居の余生を送る。そして、維新。明け渡した城は藩民の手によって破壊された。

第十代忠幹《ただもと》の長子忠宣《ただのぶ》は、陸軍士官学校を卒業後、弘前師団歩兵第五聯隊に陸軍少尉として配属され、明治三十五年一月二十三日の同聯隊雪中行軍に伍し、八甲田山での遭難に殉じた。

「二百余名の遭難者の所在は数日判明せず、中尉の死体の発見せられしは一月三十一日夜なりし。シャツ、ズボン下各二枚、靴下三枚に軍服を着け、実家より贈りし防寒衣を纏ひ、藁靴を穿ちたる儘、棒の如く真直に凍結し居りしといふ。同年二月廿三日、Gにて遺骨埋葬式を行ひたり。瑞雲院殿忠宣日徳大居士と諱《いみな》す」と『G市誌』に誌されている。

加瀬家は維新後、鎌倉とGに屋敷を構え、主に鎌倉に居住したが、太平洋戦争後、伯彦の代になって鎌倉の屋敷を売り払ってGに戻り、観光事業に乗り出し、一時、田辺、白浜、勝浦、G、尾鷲を拠点として観光バス、ハイヤー、タクシー、ホテル、レストランなど手広く経営していたが、やがて進出してきた大阪の大手私鉄に吸収・合併され、伯彦は事業から引退した。

加瀬家の系図は現在、国会図書館所蔵の『丹鶴叢書』（国書刊行会・大正元年十二月）に含まれるもの、『G市誌』所載のもの、「加瀬家奉賛会」作成の「加瀬家系累譜」の三種が存在する。だが、これらにはみな微妙なくい違いと空白部分がある。特に、八甲田山で遭難死した忠宣以降が問題だ。

十代忠幹は、長子忠宣のほか三人の男子がいたが、三人とも他家へ養子に出していた。忠宣が夭折したあと、家督相続がどのように行われたのか。男子は他に妾腹の子が二人いた。

現当主伯彦が、四番めの系図を所持していると教えてくれたのがG市立図書館館長の榎本だった。伯彦は図書館への系図の貸出しも、コピーを取ることも許可しない。めったに人にも会わないという。

私はどうしてもそれがみたかった。

加瀬の屋敷は、G川大橋から、まちの中央を南へ真っ直ぐ貫いている国道を一キロばかり進んだ右手の小さな谷間にある。

私は空を見上げた。真っ青な空のへりを真っ白い帯状の巻雲《けんうん》が飾っている。先程、図書館で読んだ図鑑の「昼間の空はなぜ青いの？」の説明を思い出しながら、天気は上々、とつぶやく。風が、山々を蔽うカシやシイ、クスといった照葉樹の新緑の香りをのせてくる。道の両側の家々は、大小の違いはあっても必らず藤棚をしつらえており、紫や白い花がいまを盛りと咲き誇っていた。花房がかすかに風に揺れている。Ｒの私の生家にも、母が丹精した大きな藤棚があった。

Ｒは G 市の南に接する、小さなＲ川と小さなＲ湾を持つ人口四千五百の町である。

立花家は、「小栗判官」甦生譚で知られる紀伊半島、中辺路《なかへじ》・湯之峰温泉に古くからつづく老舗温泉旅館だが、次男の祖父が徳島医専を出て、Ｒで開業した。父がその跡を襲ったが、医業は父で終わった。

私が二十代のはじめ頃、父が一人の女性に狂ったことがある。よく家を空けて、診療にも支障を来たした。母は半狂乱になって、見事に垂れ下がった数百房の藤の花を剪定バサミですべて切り落した。親族会議が開かれ、父を諫めたことがある。

相手の女性は田辺市在住の三十代だと聞いた。湯之峰温泉の旅館を継いでいた父の従兄が、そやが、あれはええ女ごやど、と口にするのを聞いたことがある。彼は旅館組合の会合などで、しょっ中、田辺に出かけていたし、彼自身、遊び人でもあった。

私はその女性に会ったことがない。

二度目の親族会議が開かれ、父は結局、その女性と別れたのだが、それ以来、父は母とも家族とも口をきかなくなった。診療はするが、その他は自室にこもって出て来ないことが数ヵ月つづいた。

父と女性との関係は三年くらいだったと記憶する。女性は父と別れたあと、加瀬に後添《のちぞえ》として嫁したと聞いている。その女性に会ってみたい、父の恋の相手をみてみたい、というのが今回の取材の隠れた目的でもあった。

加瀬の屋敷の庭にも藤の花が満開で、蜜蜂がうなりを上げていた。門から左へとカーブしてゆく石畳のアプローチから玄関へたどり着く。小柄な老人が笑顔で立っていた。加瀬伯彦である。

八畳ほどの、床の間と書院を切った部屋に通された。館はしんと静まり返っている。女中とかお手伝いといった存在はいないらしい。

紫檀の大きな机には、既に「家系図」が用意されていた。加瀬伯彦は思ったより気さくな人物で、緊張していた私はほっと息を吐いて、簡単な挨拶だけで、すぐ本題に入ることができた。『系図』と加瀬老人の説明で、私が抱いていた系図上の不明な部分、あいまいな点、疑問はほぼ解消した。

私は、老人のか細い嗄声《しゃがれごえ》を聞きながら、屋敷内の気配に注意深く耳を傾けたが、何ひとつ捉えることができなかった。老人は私に、高麗と李氏朝鮮時代の茶碗に興味があるかと尋ねていた。先々代のコレクションなのだが、茶碗だけなら、いま大阪市の東洋陶磁美術館にある安宅コレクションや柳宗悦《むねよし》の日本民藝館に勝るとも劣らない、という。

私は東洋陶磁美術館や日本民藝館、それに山梨県北杜市にある浅川伯教《のりたか》・巧《たくみ》兄弟資料館に何度も足を運んだことのあるほど、朝鮮の陶磁に魅了されていた。加瀬の先々代というと十一代忠臣《ただおみ》になる。浅川兄弟や柳宗悦たちが朝鮮の工芸の美、とりわけ陶磁の美に目覚め、関心を深めていった時代と重なる。

「是非、拝見させて下さい。今度の小説に高麗・朝鮮陶磁の世界を取り込むことができれば、物語の幅がうんと広がります」

私は別室に案内された。高麗の青磁水注《みずさし》、朝鮮白磁片口碗《かたくち》から白磁茶碗までおよそ六十点。私は賛嘆の声をもらした。

客間に戻った。秀れた美術品をみせてもらった喜びは喜びとして、私には大きな失望感が広がっていた。相変わらず屋敷内にはこその人の気配もない。

辞去しようと立ち上がると、老人が手で制して、

「立花さんにおうすを差し上げておくれ」

しんと静まり返った奥のほうへ呼びかけた。

しばらくして、遠くから畳を踏む足音が近づき、襖が開いて、細身の七十代の女性が現われ

た。

「家内です」

加瀬は言った。夫人が、濃紺の縞柄《しまがら》の紬《つむぎ》に、あっさりと灰色の無地帯をきりりと締め、左手で袂を取って、

「おひとつ、どうぞ」

と茶碗を差し出す。私は手に取り、

「これは？」

「先ほど、あなたさまがご覧になった中のひとつですよ」

と女性は涼しげな目もとで微笑んだ。

私が加瀬邸の玄関から庭に出ると、空もようが一変していた。太陽が、発達してきた波状雲に隠され、先ほどまでの明るさがうそのような翳りかただ。東の空からは灰色の雲の固まりが迫り出す気配にみえた。風も少し出てきたようだ。

私は加瀬の屋敷をふり返らなかった。腕時計の針は二時半を指していた。特急の発車までまだあり余るほどの時間がある。

駅に向かう道をたどる私の頭で、さまざまな考えが渦を巻く。

……加瀬伯彦は、果たして、私の父と夫人との関係を知っていたのだろうか。最近はほとんど人と会うことがない彼が、私の訪問を許したのは、昔、夫人と関係のあった男の息子をみて

やろうという好奇心のためかもしれない。さらに、かつての愛人だった男の息子と会わせて、夫人の反応をみるという隠微な喜びがなかったかどうか。

だが、私は女性をちらとみることができただけで十分満足だった。これで目的を果たしたことになる。

私は、女性の姿をくり返し脳裡に甦えらせた。

気がつくと、私は予定外の行動に出ていた。歩道で立ち止まり、それから踵を返して、来た道を引き返しはじめたのだ。

加瀬邸へ向かう路地を通り過ぎ、国道をさらに南下して、四十分近く歩きつづけると、やがて前方にトンネルの暗い穴がみえてきた。トンネルの向こうはもうRだ。トンネルを出て二、三百メートル先を東に、山側に折れてしばらく行くと浄明寺で、そこに父と母の墓があった。

今回の旅で、私はこのトンネルを越えるつもりはさらさらなかったのだが、ふいに両親の墓参りをする気になった。かつての父の女に会ったせいかもしれない。母は父を許さず、二人の仲は死ぬまで冷え切ったままだった。

雲の動きが急で、上空の雲と低いところの雲が違った向きに進んでいる。気温も下がり、夕暮れが早くやってきたような暗さになった。周囲の山々では、小鳥たちが騒ぎ出す。

私はトンネルに入った。百五十メートルほどひんやりとした薄暗闇の中を歩く。時々、ライトを点けた車とすれ違った。

小走りにトンネルを抜けると、ポツリと雨粒が頰に当った。遠くで雷鳴がひびき、海ぞいを走る列車の警笛が聞こえてきた。

浄明寺の山門をくぐる。浄明寺の住職の峰本とは小・中学校がずっと一緒だった。彼には今回のGでの講演会については知らせていなかった。いるかいないか分からないが、声だけは掛けておくことにする。

R中学校卒業後、峰本は県立G高校へ、私は田舎暮らしが嫌で、大阪の私立高校へ進学して寮生活を送っていた。

二年生の夏休み、帰省した私は、峰本と組んでとんでもないことをやらかした。

浄明寺は応永二十六年（一四一九）開山の古刹で、本堂に安置されている十一面観音像は国の重要文化財に指定されている。私たちはどちらから持ちかけたというのでもなく、この仏像を持ち出して、大阪の骨董屋に売って、飛田遊廓へ行って男になろうと計画した。私たちの関心は善悪になく、男になるというただそれだけに惹かれていて、何の逡巡もなく実行に移したが、盗み出した仏像を大きな風呂敷に包んで、R駅から天王寺行きの夜行に乗ろうとしたところを駅員にみとがめられて、みごとに失敗、警察沙汰になった。

私の父と峰本の父が奔走して、揉み消されたが、私はそのとき、父から左頰に食らった平手打ちをいまも忘れていない。

私が黙って本堂に上がり込んで、件の十一面観音像と対面していると、庫裡にいた峰本が人の気配を察してやってきた。二人が観音像の前で久闊を叙して、思い出話に耽っていると、いきなり瓦屋根や竹林で雨の降りだす音がした。

私は立ち上がった。G駅まで車で送ろうと峰本がいった。

「ありがとう。しかし、いいんだ。傘だけ借りるよ。墓に参ったあと、まだ寄るところがあるから。傘は駅に預けとくよ」

峰本はうなずいた。

雨は、本堂から離れたゆるやかな斜面の杉木立の中にある墓所に、私を誘い出すかのように本降りに移ってゆく。

私は、祖父母と両親の墓の前に立った。冷たい風が木立を抜けて来る。

祖父が亡くなった時のことはおぼろげだが、その一周忌の時のことはよく覚えている。私は小学校二年生か三年生、八、九歳だった。浄明寺での法要のあと、Rに一軒しかない割烹屋で宴が張られた。

父には姉が一人、弟と妹がいたが、その席で、祖父が残した山林をめぐって激しいいさかいが起こった。叔父、叔母たちが言い争いをしている。子供の私をいたたまれない気持にさせるほどの口汚いやりとりだった。父は、ひと言も口を挟まず聞いていた。

そのときの、身内の醜いいさかいを情なく思って、堪えている父の表情をよく覚えている。

父が亡くなったとき、山林財産は全くなかったから、山林相続はどうやら放棄したのではなかったか。

私は物思いから覚めたようにぶるっと体を震わせて、あたりを見回した。いまは五月の半ばのはずなのに、まるでしぐれの中に立っているような淋しさに襲われる。今朝、G川の岸で、朝日を浴びていたとき、どうしてこんな天気になることを予測できただろう。

私は墓所を去って、山門をくぐり、砂利を敷いた参道を歩き、再び国道に出ていた。左に行けばトンネルがあり、それを抜ければGの町で、Gの駅がある。右に行くと……、私にはこのとき、さほど躊躇したという記憶がない。そして、気がついたとき、私はトンネルからどんどん遠ざかって歩いていた。

川のような音を立てて、前から後から車が近づき、繁吹《しぶ》きを上げて通り過ぎて行く。フロントガラスで、ワイパーが最速度で往復し、どの車もフォグランプを点けていた。

私が何をめざしているかはもう明らかだった。……しかし、いまさら廃屋になった生家を見てどうしようというのか。

生家はR湾の南側の岬にあった。岬全体がタブノキとヤマモモの原生林に蔽われていて、気に入った祖父が森を切り開いて家を建てた。診療所はRのまち中に置いて、岬から自転車で通うのだ。父もまた同じやり方を踏襲した。

紀伊半島の南端部の小さな岬である。いつも強い風が吹いたし、台風の季節には岬ごと沖合いに流されそうに思えたが、それはあくまで岬を外側から眺めた場合で、実際、屋敷にいる私たちは、強靭な幹と枝を持つ鬱蒼としたヤマモモとタブノキに守られて、世界中のどこよりも静謐で安全な場所に安息して暮らしていたのだ。

私をあの場所へ引き寄せようとしている要因は何だったのか。いまも分からない。むろん、選択の自由はあった。引き返そうか。引き返して、G駅前の喫茶店、たしかあの喫茶店の棚にはバーボンが置いてあった、そうだバーボンを一杯やって体をあたため、特急が来るのを悠然と待つのだ。

何度も立ち止まって、踵を返しかけては、やはり私は南へとまた一歩踏み出していた。この選択のそれぞれの一瞬を私は知らない。本当に知らないのだ。それは私ではない。それは、それなのだ。

ふと、まわりが明るくなったような気がした。雨が小止みになり、空の一端で雲が割れ、一瞬青空が透けて、かすかな日ざしすら差し込んできそうな気配が漂った。それだけで、私を勇気づけるには充分だった。廃屋になった生家と出会うのを怖がるなどと、一体何十年小説を書いてきたのだ。

峰本には悪いが、借りたコーモリを路肩に立てかけて捨て置くことにした。何という自由だろう！　傘を捨てるというただそれだけのことが。

だが、雨が小止みになったのも、青空のかけらが一瞬のぞくかにみえたのも、よりいっそうの悪化の前触れにすぎなかった。気温はさらに下がって、私は寒さに震えた。雲はぶ厚く、どす黒く、重なれるだけ重なったというぐあいで、その中を稲妻がいくつも走った。ついに吹き降りになった。

私は傘を捨ててきてしまったことを後悔した。いまさらそこまで取りに戻るつもりもない。ええいままよ、と歩きつづける。ジャケットを通して、靴を通して雨が浸み込んで来る。車はめったに通らない。

ついに、岬へのなつかしい道の入口がみえてきた。両側から木々が斜めに蔽いかぶさって、随分狭くなっている。国道を横切って、入口へと向かう。

南のほうから一台の乗用車が近づいてきたので、私はいったん横断するのを止めて、路肩で車の通り過ぎるのを待った。濃緑色のミニクーパーだった。このあたりでは珍しい車だ。

私は再び国道を横断しはじめた。そのとき、ブレーキの軋る音がした。ふり向くと、通り過ぎたばかりのミニクーパーが停車して、窓を開けて男がこちらを覗き込んでいる。雨が幕になって、相手の顔をはっきり捉えられない。

「立花先生ではありませんか」

声は雑賀青年のものだった。だが、私は立ち止まらず岬への入口へと急ぐ。

「先生でしょう、いったいどないしたんですか？」

私は雑賀青年に向かって、どうかかまわず行ってくれたまえ、とでもいうふうに手を振って、岬への道へと入って行った。

雑賀青年はどこかの建築現場からの帰りなのだろう。きのうのセルシオは父親の車だと言っていた。ミニクーパーが彼の愛車なのだ。しゃれたいい車だ。

道はかつて大型車両一台、優に通れる幅のアスファルト舗装だったが、いまや通う車も人もなく、両側の森から侵出してきた雑草や雑木に半分かた蔽われてしまっている。それに到るところに倒木があって、足もとに充分注意して進まないと転んでしまう危険があった。

昔の道は、気持のよいなだらかなスロープが下から岬の台地の屋敷まで伸びていて、門の前からローラースケートで一気に国道まで下ったものだった。

私は、ついに倒木に絡みついた太いかずらに足を取られ、横ざまに雑草の中へ転げ込んでしまった。服は泥と腐葉だらけである。どうやら左足首を軽く捻挫してしまったようだ。

私はクヌギの枝を杖代わりにして、再び前進しはじめた。こんな激しい雨の中でも、たくさんの鳥たちが鳴いていることに驚く。雨が木の葉や枝を打つ音や鳥たちの声に耳を傾けていると、気持も静まってきて、私はそれがもう近いことを感じていた。

風がぴたりと止んだ。ヤマモモとタブノキの森に囲まれた敷地内に入ったからだ。雨だけは車軸を流すように天から降りて来る。

とうとう二基の石の門柱までたどり着いた。広い庭が眼前に広がっている。かつてよく刈り込まれていた芝生の庭は草茫々で、野っ原かと見紛うばかりだ。しかし、藤棚だけは別で、まだ母の丹精がつづいているかのように鮮やかな白と紫の花が雨に打たれていた。

大きな入母屋式の本瓦屋根におおわれた母屋がみえる。切妻の天辺あたりの瓦は、たび重なる台風によって一部が吹きとばされ、白い漆喰のかけらばかりが残っていた。

私が家を出て三十年がたった。二十年前、ここで、春に母が、つづいて夏に父が死んだ。いつか私が戻ってきて、ここに住むという可能性は百パーセントなかった。買手が現われたが、建物を解体し、更地にして、別荘分譲地にするのだという。私は断り、すべてを時間の手に委ねることにした。

建物は生きものだ。そこに住む者が脳と心臓の役割を果たす。住む者がいなくなれば、建物は死ぬ。廃屋とは死体のことだ。自分の死体と対面することを喜ぶ者がいるだろうか。

遠く離れていて、ときどき、記憶の中の家を覗き込むことがあった。記憶の中の建物も、間違いなく時間とともに朽ちてゆく。

私は戻ってきて、草茫々の庭の真ん中に立ち、本物の廃屋をこわごわ覗き込む。

雨が、まるですべてを押し流し、消し去ってしまいそうな勢いで降っている。まさかこんな天気になろうとは！

気がつくと、いつのまにか、閉《た》て切ってあったはずの縁側《えんがわ》の雨戸がすっかり戸袋に納められ、縁廊下と座敷を隔てる白い障子も左右に大きく開け放たれていた。

仄暗い広座敷がみえる。誰もいない。

広座敷の向こう、凝《こご》った闇のあたりが奥座敷になっているはずだ。私は透かしみようとして、視線を据えつけた。

やがて、雨の幕と仄暗い闇を通して、ほうと浮かび上がってきた白いものがある。

私は、息を呑んで、さらに目を凝らした。

奥座敷に敷かれた白いふとんに、母が寝ている。私の体は凍り付いたようになった。

母の顔のすぐそばに赤ん坊が寝ている。生まれたばかりの私だ。昨夜、私を産んで、母が疲れてぐったりして眠っているのだ。

その時、右手奥の襖がゆっくりと開いた。きもの姿の父が入って来る。襖をうしろ手で閉め、母の枕許に正座してすわると、生まれたばかりの私と、やつれた妻を慈しみにあふれたまなざしでみつめる。

私は、冷たく激しい雨の降る庭で、その状景をただ立ち尽くしてみている。

初出

父、断章　「群像」二〇〇一年七月号
母、断章　「群像」二〇〇六年十月号
午後四時までのアンナ　「文學界」二〇〇四年三月号
チパシリ　「文學界」二〇〇七年七月号
虫王　「新潮」二〇〇九年一月号
夏の帽子　「文藝」二〇一二年夏号
天気　「新潮」二〇一一年十二月号

父《ちち》、断章《だんしょう》

著者

辻原《つじはら》 登《のぼる》

発行

2012年6月30日

発行者　佐藤隆信

発行所　株式会社新潮社

〒162-8711　東京都新宿区矢来町71

電話　編集部　03-3266-5411

　　　読者係　03-3266-5111

http://www.shinchosha.co.jp

印刷所　大日本印刷株式会社

製本所　大口製本印刷株式会社

乱丁・落丁本は、ご面倒ですが小社読者係宛お送り下さい。
送料小社負担にてお取替えいたします。
価格はカバーに表示してあります。

ISBN978-4-10-456305-0 C0093